Devils
Tongue

von Rose C. Velvet

Impressum:
Bibliografische Information der Deutschen Nationalbibliothek. Die Deutsche Nationalbibliothek verzeichnet diese Publikation in der Deutschen Nationalbibliografie; detaillierte bibliografische Daten sind im Internet über http://dnb.d-nb.de abrufbar.
Veröffentlicht bei Infinity Gaze Studios AB
1. Auflage
Februar 2024
Alle Rechte vorbehalten
Copyright © 2024 Infinity Gaze Studios
Texte: © Copyright by Rose C. Velvet
Cover & Buchsatz: Valmontbooks
Das Werk ist urheberrechtlich geschützt. Jede Verwertung außerhalb des Urheberrechtsgesetzes ist ohne Zustimmung von Infinity Gaze Studios AB unzulässig und wird strafrechtlich verfolgt.
Infinity Gaze Studios AB
Södra Vägen 37
829 60 Gnarp
Schweden
www.infinitygaze.com

Die bösar-
tigsten Zun-
gen flüstern
die süßes-
ten Lügen

Kapitel 1

Samhain

„Wenn Sterne schimmern und die Nacht den Tag besiegt,
dann Tanzen die Hexen im Mondschein des Samhain"

Mein schwitzender Körper vibriert zum Bass der Musik, die dröhnend aus den Lautsprechern erschallt und die gesamte Tanzfläche zum Beben bringt. Der harte Beat elektrifiziert jede Faser meines Körpers, während ich mich inmitten der tanzenden Menge dem Moment hingebe.

Wild blinken die Lichter im Club auf und ab, tauchen alles in ein beinahe magisches Licht. Schattenhafte Gestalten und monströse Kreaturen reiben ihre schweißnassen Körper, verführt vom Klang des Musikstücks, aneinander. Es ist Halloween. Die Nacht der Vampire und Hexen und mein liebster Feiertag.

Als der letzte Ton verklingt und ein neuer Track angespielt wird, gebe ich meiner Freundin ein Handzeichen und verschwinde an die Bar.

Ich giere nach etwas Kühlem, das meine ausgetrocknete Kehle benetzt und die Hitze in meinem

Inneren bekämlindert. Während ich mich an den Menschentrauben vorbeischlängle fällt mein Blick auf die roten Ledersofas, die sich an der Wand am anderen Ende des Raums befinden. Ich bemerke einen Mann, der ganz allein zu sein scheint. Vor ihm steht ein einzelnes Weinglas, kaum angerührt. Mit seinem schicken, maßgeschneiderten Anzug und der teuren Rolex will er nicht so recht zu den anderen Feiernden passen. Ist das ein Kostüm oder sein Alltagsoutfit? Im Gegensatz zu ihm ist hier jeder entsprechend dem Motto der Halloweenparty verkleidet, so auch ich.

Auf meinem Kopf thront ein kleiner, spitzer Hexenhut, unter dem sich mein Haar in dunklem Wellen über meine Schultern ergießt. Als mein Blick unvermittelt auf den des gutaussehenden Fremden trifft, sehe ich beschämt zur Seite. Wie unangenehm. Ich sollte mir dringend abgewöhnen die Menschen immer so anzustarren.

„Einen ‚Drunken Witch‘, bitte“, rufe ich dem Barkeeper über den Mix aus Musik und Stimmengewirr zu und versuche dabei so elegant wie möglich auf einem der hohen Hocker Platz zu nehmen.

Das gestaltet sich allerdings schwieriger als erwartet, denn das enganliegende Spitzenkleid mit dem tiefen Beinausschnitt schränkt meine Bewegungsfreiheit ziemlich ein. Ich muss aussehen wie ein Bauerntrampel, wie ich da versuche den Britney-Spears-Move zu vermeiden, um nicht jedem einen ungewünscht tiefen Einblick zu bieten.

Als ich endlich Platz genommen habe, schiebt der Barkeeper auch schon das gewünschte Getränk zu mir. Der Cocktail schimmert bläulich im Schein der Discolichter, während grüner Kristallzucker am Rand des hohen Glases glitzert. Gierig sauge ich am Strohhalm und genieße das kühle Gefühl, das dabei meinen Hals hinabrinnt. Das war dringend nötig. Zufrieden drehe ich mich mit dem Getränk in meiner Hand um und beobachte die feierwütigen Partygäste. Es ist ein herrlicher Abend. Freunde, gute Musik und eine happy Hour. Was braucht eine Hexe mehr, um glücklich zu sein?

Halloween, in unseren Kreisen auch Samhain genannt, ist mit Ausnahme weniger anderer Feste die einzige Möglichkeit, bei der ich mein wahres Ich nicht zu verstecken brauche. Zu dieser Zeit kann ich mein übernatürliches Wesen ganz ausleben und muss mich dafür nicht in eine einsame Waldhütte zurückziehen.

Außerhalb solcher Feierlichkeiten ist das Leben als waschechte Hexe nicht immer ein

Zuckerschlecken. Ständig muss man aufpassen, dass man nervtötende Personen nicht verflucht oder gar in Flammen aufgehen lässt. Wenn die Magie mal zürnt, ist sie gar nicht so einfach zu kontrollieren. Und die Menschenwelt ist voll von Idioten und Taugenichtsen.

Bei den Gedanken an solche Exemplare, denen ich beispielsweise tagtäglich in meinem Büro begegnen muss, seufze ich unzufrieden auf. Ja, ich sagte Büro. Hey, auch eine Hexe muss Rechnungen bezahlen und ich kann leider nicht jeden Gläubiger mit einem Zauber bezirzen…sehr zu meinem Leidwesen. Aber es gibt Regeln und an die muss man sich halten, wenn man es sich nicht mit dem großen Coven verscherzen will.

„Hier…von dem Herrn da hinten", reißt mich der Barkeeper mit einem lauten Ruf aus den Gedanken und schiebt dabei ein Glas Wein über die Theke zu mir. Irritiert betrachte ich die tiefrote Flüssigkeit, die unruhig gegen das Gefäß schwappt. Neugierig suchen meine Augen nach dem spendablen Gönner und erneut entdecke ich den mir unbekannten Mann im schicken Anzug. Er hat den Abstand zu mir verringert und sitzt jetzt am anderen Ende der Bar. Bevor er sich einen Schluck aus seinem eigenen Glas genehmigt, zwinkert er mir schelmisch zu. Dankend nicke ich in seine Richtung, rühre den spendierten

Wein aber nicht an.

Dieser Typ ist mir ein wenig unheimlich. Warum kann ich nicht genau benennen, aber irgendwas stimmt mit diesem Kerl eindeutig nicht. Innere Eingebung oder übernatürlicher Spürsinn… was auch immer es sein mag, es hält mich davon ab, den Rotwein zu kosten. Gekonnt versuche ich ihn zu ignorieren und widme mich wieder der Tanzfläche.

Meine Freundin Emily fühlt sich sichtlich wohl. Eingeklemmt zwischen zwei Typen, die eigentlich überhaupt nicht ihrem Beuteschema entsprechen, tanzt sie sich die Seele aus dem Leib. Im übertragenen Sinne natürlich. Der Alkohol hat bei ihr bereits rote Flecken auf Wangen und Dekolleté gemalt. Das ist wohl der Moment ab dem ich die blonde Schönheit besser im Auge behalten sollte. Ansonsten landet sie wieder bei irgendeinem One-Night-Stand im Bett und ruft mich am nächsten Morgen total verheult an, weil sie alles bereut. Menschen sind einfach komisch, wenn sie Alkohol trinken. Aus einem Gänseblümchen wird dann eine wilde Rose mit spitzen Dornen.

Mit einer ausladenden Bewegung winke ich Emily zu mir her. Brav folgt sie meiner Geste, was mir böse Blicke ihrer Verehrer einbringt.

Ich zucke unbeeindruckt mit den Schultern und drehe mich dann zu meiner Freundin, als sie völlig außer Atem neben mir an der Bar Platz nimmt. Ihr unerhört knappes Nonnenoutfit klebt förmlich an ihrer schweißnassen Haut.

„Wow, Mia. Das hier ist eine verdammt geile Party", keucht sie und leert mit einem Schluck das Glas Wein vor mir, bevor ich auch nur den Hauch einer Chance habe sie davon abzuhalten.

„Ja, der Club hält wirklich, was er auf seiner Website versprochen hat. Aber du weißt ja wie es so schön heißt: Man soll gehen, wenn es am schönsten ist."

Einem Kleinkind gleich, schiebt Emily schmollend ihre Unterlippe nach vorne und sieht mich mit ihren braunen Rehaugen flehend an.

„Nein, ich will noch nicht gehen. Es ist gerade so toll, komm lieber wieder auf die Tanzfläche zurück. Wir können uns die beiden Typen ja teilen", versucht sie mich mit lallenden Worten zu überzeugen, doch ich schüttle nur unnachgiebig den Kopf.

„Hör auf. Du weißt ganz genau, dass die Schnute bei mir nicht zieht.", entgegne ich kühl.

Aber eines muss man Emily lassen: Wenn sie etwas will, dann ist sie nur sehr schwer wieder davon abzubringen.

Mit einer schwungvollen Bewegung hüpft sie von ihrem Hocker und greift nach meiner Hand.

„Jetzt sei keine olle Spielverderberin", lacht sie laut und versucht mich dabei von meinem Stuhl zu zerren. Mit seiner quirligen Art hat es mir dieser kleine Blondschopf ja wirklich angetan, aber genug ist genug. Mit sanfter Gewalt ziehe ich sie ruckartig zu mir und presse meine dunkel geschminkten Lippen auf die ihren.

Unsere Zungen vereinen sich zu einem kurzen, aber heißen Tanz. Lang genug, damit meine Magie ihren Verstand manipulieren kann. Ich lecke zärtlich über ihre Unterlippe, bevor ich mich wieder zurückziehe.

„Es ist spät. Wir gehen jetzt nach Hause", sage ich nachdrücklich. Sie nickt nur verzückt.

„Ich muss aber noch kurz auf die Toilette. Bin gleich wieder da", entgegnet sie leise und tänzelte dann hüftschwingend durch die Menschenmenge zu den Waschräumen. Ich atme erleichtert auf. Gedankenmanipulation ist nicht gerade mein Steckenpferd, aber bei ihr klappt es doch immer wieder.

Während ich auf meine Freundin warte, lasse ich den Blick erneut durch den Raum wandern. Mir gefällt es die Menschen zu beobachten. Man lernt so viel, wenn man sich nur genug Zeit nimmt.

Wieder bleiben meine Augen an dem Mann im Anzug hängen. Er ist noch näher aufgerückt. Jetzt trennen uns nur noch wenige Plätze voneinander. Allmählich wird mir dieser Kerl zu aufdringlich. Je länger ich sein wohlgeformtes Gesicht betrachte, desto mehr beschleicht mich das Gefühl, ihn irgendwo schon einmal gesehen zu haben.

Aus einem mir unerfindlichen Grund heraus verspüre ich plötzlich den brennenden Drang, diesen Typen in seine Schranken zu weisen. Ich rutsche von meinem Hocker. Rücken gerade und Brust raus. Mit zielsicherem Schritt gehe ich auf ihn zu, als ich plötzlich mit einem Typen zusammenstoße, der dabei sein beschissenes Bier auf meinem kompletten Kleid verteilt.

„Scheiße", zische ich und angle nach einer Serviette, um die Sauerei aufzutupfen. Der betrunkene Tollpatsch stammelt eine lahme Entschuldigung und verschwindet mit eingezogenem Kopf in Richtung seiner Freunde, die ihn mit höhnischem Gelächert empfangen.

„Ich bin fertig, Mia. Wir können gehen. Ach ja, ich soll dir das hier noch geben."

Überrascht blicke ich zu Emily auf, die auf einmal vor mir steht und mir ihre Hand mit einem Stück Papier darin entgegenstreckt. Als ich den kleinen Zettel auseinanderfalte legt sich meine Stirn in Falten.

Die Botschaft enthält nichts weiter außer ein mir unbekanntes Zeichen in das ein Hexenknoten eingewoben ist.

„Wer hat dir das gegeben?", frage ich an Emily gerichtet.

„So ein Typ in Anzug und Krawatte. War total verdutzt, als der auf der Frauentoilette plötzlich neben mir stand. Ein totaler Proll, wenn du mich fragst. So einer mit teurer Uhr und Lackschuhen", entgegnet meine Freundin schulterzuckend.

„Hat er noch irgendwas dazu gesagt?", hake ich nach, während meine Augen nach dem Fremden von vorhin suchen. Doch der ist mittlerweile spurlos verschwunden.

„Ich…kann mich nicht mehr erinnern", stammelt Emily und fasst sich dabei an den Kopf. Irgendwas an ihr ist seltsam. Ihre Augen sind ganz verklärt und ich nehme einen eigenartigen Geruch an ihr wahr. Ein Mix aus Moschus und Harz. Ganz leicht und doch deutlich vorhanden.

„Alles in Ordnung bei dir?", erkundige ich mich skeptisch, woraufhin sie sich ein Lächeln auf die Lippen zwingt.

„Ja, ich hab wahrscheinlich einfach nur zu tief ins Glas geschaut. Nichts, was eine Wasserflasche und eine Aspirin nicht wieder richten könnten", versucht sie mich zu beruhigen. Erfolglos.

Mein Argwohn bleibt. Ich bin mir ganz sicher, dass jemand mit einer ordentlichen Portion

Magie in ihrem hübschen Köpfchen herumgerührt hat und dabei spreche ich nicht von meinem kleinen Zaubertrick, den ich zuvor an ihr angewandt habe. Ich kann die Funken von Magierückständen deutlich über ihrem Haupt tanzen sehen.

„Dann bringen wir dich am besten auf direktem Weg nach Hause", schlage ich nach einem Moment des Schweigens vor, was Emily mit einem zustimmenden Kopfnicken absegnet. Ich hake mich bei ihr unter und gemeinsam verlassen wir den Club.

„Du stinkst ganz erbärmlich nach Bier", nuschelt sie, als ich sie in eines der Taxis verfrachte, das in einer Schlange vor dem Club wartet.

„Ich weiß. Irgend so ein Vollpfosten hat vorhin sein komplettes Glas auf mich geleert. Ruf mich morgen an, sobald es dir besser geht."

Mit diesen Worten verabschiede ich mich von meiner Freundin, bevor ich dem Taxifahrer ihre Adresse und einen Geldschein in die Hand drücke. Nachdem das gelbe Fahrzeug um die Ecke gebogen und aus meinem Blickfeld verschwunden ist, drehe ich mich um und trete selbst den Heimweg an. Zum Glück ist mein Appartement nicht weit entfernt, denn ein langer Fußmarsch in diesen High Heels könnte tödlich enden.

Warum müssen schöne Dinge einem immer so

weh tun?

Meine kleine, aber schnuckelige Wohnung liegt direkt über einem zauberhaften Blumenladen in dem zu dieser späten Stunde nur noch das Schaufenster beleuchtet ist. Herzhaft gähnend öffne ich die Tür und stapfe die alte Holztreppe hoch, deren Stufen leise unter meinem Gewicht knarzen. Erschöpft betrete ich mein Zuhause und streife ohne Umschweife die Schuhe von meinen schmerzenden Füßen. Das befreiende Gefühl lässt mich erleichtert aufatmen. Doch plötzlich steigt mir ein nicht unbekannter Duft in die Nase. Moschus und Harz. Auf Zehenspitzen schleiche ich den dunklen Flur entlang. Als ich mein Wohnzimmer erreiche höre ich eine rauchige Stimme aus den Schatten: „Willkommen zu Hause."

Vor Schreck japsend betätige ich den Lichtschalter. Es dauert einige Sekunden, bis sich meine Augen an den hellen Schein der Deckenlampe gewöhnen und ich den Mann, der auf meinem Sofa sitzt, klar sehen kann. Es ist der Fremde aus dem Club. Mit entspannter Haltung sitzt er da, die Beine übereinander geschlagen, und schwenkt ein Glas Wein in seiner Hand.

„Wie sind sie hier reingekommen?" In meiner Stimme liegt eine Mischung aus Angst und Verwunderung. Irritiert blicke ich zu dem Siegel, das ich mit schwarzer Farbe auf das Parkett vor der Wohnungstür gemalt habe. Das Ding hätte jeden Eindringling fernhalten müssen. Egal ob menschlich oder übernatürlich. Zu meiner Überraschung scheint der Siegelkreis noch immer intakt zu sein.

„Denkst du etwa, dass mich so etwas aufhält, kleine Hexe? Da müsstest du schon tiefer in die Trickkiste greifen", lacht der Fremde höhnisch und legt dabei lässig seinen Arm auf der Sofalehne ab.

„Wer oder was bist du?", zische ich erzürnt.

„Zwei sehr gute Fragen. Nun, in den unheiligen Schriften werde ich oft als Zorvax bezeichnet, aber du, meine kleine Hexe, darfst mich einfach Vax nennen."

Zorvax. Bei dem Namen klingelt es in meinem Kopf. Verzweifelt krame ich meinem Gedächtnis, bis es schlussendlich Klick macht.

„Du bist ein Incubus", flüstere ich, woraufhin er zufrieden nickt.

„Exakt", lächelt er und genehmigt sich einen weiteren Schluck Wein.

„Was lässt so eine niedere Höllenkreatur wie dich aus den Schatten kriechen?", brumme ich und verschränke dabei zornig die Arme vor der Brust.

„Wie unhöflich."

Naserümpfend stellt Vax das Weinglas auf

dem Couchtisch ab, bevor er sich in einer eleganten Bewegung erhebt. Mit der flachen Hand streicht er sich imaginäre Krümel vom perfekt sitzenden Anzug. Seine Augen sind von einem dunklen Blau, das mit den geheimnisvollen Tiefen der unergründlichen Ozeane wetteifern kann. Er räuspert sich einmal leise, bevor er monoton einen mir unbekannten Text zitiert: „Paragraph 2, Absatz 1: Dem Dämon obliegt das uneingeschränkte Recht, die sofortige Erfüllung der Schuld jederzeit und ohne Rücksicht auf die persönlichen Umstände oder Belange des Seelenträgers zu verlangen. Der Seelenträger selbst ist verpflichtet, unverzüglich und bedingungslos auf die Aufforderung des Dämons zu reagieren. Jeglicher Widerstand wird als Verstoß gegen den infernalischen Vertrag gewertet und zieht schwere Konsequenzen mit sich."

„Was schwafelst du denn da für einen Scheiß? Wenn du nicht sofort von hier verschwindest, dann schmeiße ich dich eigenhändig in das Höllenloch zurück aus dem gekrochen bist", drohe ich und erhebe dabei beide Hände. Mehr als ein mitleidiges Lächeln kann ich Vax mit meinen Worten aber nicht entlocken.

„Anmerkung Nummer 62: Der Seelenträger ist bis zur vollständigen Erfüllung der Auflagen daran gehindert, den Dämon aus dem Diesseits zu verbannen oder zurück in die Hölle zu schicken."

Nachdem Vax mit seiner erneuten Ausführung fertig ist, schließe ich genervt die Augen und massiere mit zwei Fingern meine Nasenwurzel, bevor ich mich ihm wieder zuwende und sage: „Hör mal, ich hab keine Ahnung was du von mir willst, aber ich bekomm Kopfschmerzen von deinem Gelaber. Du klingst ja wie mein Anwalt."

In dem Moment, als die Worte meinen Mund verlassen, regt sich etwas in meinem Verstand. Eine Erinnerung an eine Textpassage, die ich vor langer Zeit in den unheiligen Schriften las. Advocatus Diaboli. Dämonen, die Rechtsschreiber des Teufels, die in der Lage sind, höllische Verträge mit Menschen und vor allem Hexen abzuschließen. Eine Möglichkeit sich all seine Wünsche zu erfüllen. Reichtum, Ruhm und Macht. Gefährlich und verboten zugleich. Mit vor Schreck geweiteten Augen blicke ich zu Vax, über dessen volle Lippen ein hämisches Grinsen huscht.

„Ich habe keinen…"

„Oh doch, kleine Hexe, das hast du. Aber kein Wunder, dass du dich nicht mehr daran erinnern kannst. Paragraph zwei, Absatz zwei: Nach Abschluss des Vertrages wird der Seelenträger jegliche Erinnerung an die Verhandlungen, die zu seiner Unterzeichnung geführt haben, unverzüglich verlieren. Diese Erinnerungen bleiben für den Seelenträger bis zu dem Zeitpunkt verborgen, an dem der Dämon die Schuld einfordert oder freiwillig bereit ist, sie wieder freizugeben", erklärt der Incubus mit erhobenem Zeigefinger.

Wie Blitze zucken die Erinnerungen an meinem inneren Auge vorbei. Eine unheilvolle Nacht. Ein verhängnisvoller Kuss, der mein Schicksal auf Ewig besiegeln sollte. Warum sollte ich das getan haben? Meine Erinnerungen sind lückenhaft. Wie ein altes Puzzle, bei dem einige Teile fehlen und das man dennoch zusammensetzen will.

„Warum?", keuche ich unter der Last meines erwachenden Gedächtnisses.

„Warum wendet man sich dem Bösen zu? Dafür gibt es so viele niedere Gründe. Ich muss dich enttäuschen Kleines, hinter deiner Entscheidung steckt keine heldenhafte Geschichte. Wie alle anderen auch wolltest du Macht. Macht, die dein Coven nicht bereit war zu geben und deswegen bist du zu mir gekommen", erklärt Vax ruhig. Während er spricht, streift er sich das schwarze Sakko von den Schultern und legt es ordentlich über die Sofalehne.

„Setz dich", befiehlt er in kaltem Ton, was mich

aufhorchen lässt. Bewegungslos bleibe ich im Türrahmen stehen, was Vax mit den Augen rollen lässt. Mit seinen schlanken Fingern krempelt er die Ärmel seines weißen Hemdes hoch bis zu den Armbeugen, bevor er mich erneut anspricht: „Jetzt setz dich endlich hin oder muss ich dich dazu zwingen?"

Seiner Aufforderung folgend setze ich mich in Bewegung und nehme auf dem Sofa Platz, möglichst weit von ihm entfernt.

„Ich muss natürlich zugeben, dass deine Ausgangsposition wirklich… erbärmlich war. Gefangen in einem Körper, dessen Magie vom Coven gedrosselt wird. In deiner Lage hätte jeder nach einem Strohhalm gegriffen. Gräme dich deswegen also nicht. Wer nach den Regeln spielt, der geht meistens als Verlierer hervor. Es ist also nicht verwerflich, wenn man sich etwas unerlaubte Hilfe holt."

Vax Worte legen sich wie süßer Honig über mein von Schuld zerfressenes Herz. Wie konnte ich damals nur so dumm sein? Jeder weiß, dass Dämonen giftige Schlangen sind, die zubeißen, sobald man ihnen den Rücken kehrt.

„Und was passiert jetzt? Entreißt du mir die Seele und verschwindest zurück in die Hölle?", frage ich mit zitternder Stimme. In meinem Kopf dreht sich alles. Ich bin vollkommen überwältigt von all dem vergessenen Wissen, das sich, begleitet von dumpfen Schmerz, den Weg zurück in meinen Kopf bahnt. Vax kehliges Lachen lässt mich verdutzt zu ihm aufblicken.

„Wo denkst du hin, meine kleine Maus. Ich bin lediglich hier, um einen Teil meiner Bezahlung einzufordern", erläutert er und lockert dabei seine Krawatte. Seine Stimme ist so tief, dass ich mich in ihr zu verlieren drohe.

„Was soll das bedeuten? Wieso nur einen Teil?"

Vax stöhnt beinahe genervt auf, bevor er sich zu mir herunterbeugt und dabei einen Arm auf dem Sofa abstützt. Unsere Gesichter sind sich so nah, dass ich seinen warmen Atem auf meiner Haut spüren kann. Ich sehe, wie sich sein markanter Kiefer anspannt, bevor er zu reden beginnt: "Ich erkläre es nochmal zum Mitschreiben für dich. Die Bedingungen unseres Vertrages sind ganz einfach. Ich löse die Fesseln, die deine Magie zurückhalten und du stehst mir zu Verfügung, wenn ich meine eigenen Kraftreserven auffüllen muss."

„Ich soll meine Magie mit dir teilen?", frage ich mit hochgezogener Augenbraue, was ihm erneut ein kehliges Lachen entlockt. Sein Adamsapfel hüpft dabei aufgeregt auf und ab.

„Nicht deine Magie, Schätzchen. Dein Körper

ist, was ich brauche", flüstert Vax mir mit rauer Stimme direkt ins Ohr, nachdem er sich noch weiter zu mir herunterbeugte.

Natürlich, wie konnte ich das vergessen? Der Vertragsabschluss scheint ein Sieb aus meinem Hirn gemacht zu haben.

Inkuben sind Dämonen, die ihre Kraft nicht nur aus einem teuflischen Pakt, sondern auch und vor allem aus dem sexuellen Akt beziehen. Das wiederum bedeutet…

„Ich werde auf keinen Fall mit einem Scheusal wie dir schlafen. Vergiss es! Vorher kannst du mir das Herz aus der Brust reißen", zürne ich und versuche ihn mit einer entschiedenen Bewegung von mir wegzudrücken. Doch dabei habe ich seine übermenschliche Kraft unterschätzt. Mit Leichtigkeit greift Vax nach meinen Handgelenken und pinnt sie über meinem Kopf fest, während er mich auf das Sofa drückt. Überrascht keuche ich auf und blicke hoch in sein Gesicht. Die Farbe seiner Augen hat sich verändert. Sie leuchten in einem gefährlichen Rot. Eine Warnung ihn nicht weiter zu reizen.

„Hüte deine Zunge, kleine Hexe, oder ich reiße sie dir hier an Ort und Stelle heraus. Wir haben ein Pakt geschlossen. Jemand wie du sollte genau wissen, dass es keinen Weg zurück gibt. Die versprochene Schuld müssen beide Seiten begleichen", knurrt er wütend. Mein Herz beginnt wie wild zu pochen und droht mir mit jedem Schlag, aus der Brust herauszuspringen. Auf einmal wird der Blick des Dämons weicher. Seine Augen wandern meinen Körper auf und ab, bevor sie an meinen Mund hängen bleiben.

„Weißt du, es ist lange her, dass ich die Lippen einer Hexe schmecken durfte und deine sehen wirklich köstlich aus. Wir können das hier auf die lustvolle oder die schmerzhafte Art erledigen. Es liegt bei dir. Aber lass mich dir sagen, dass dein Lustgewinn für mich nicht unerheblich ist. Je mehr du dich unter meinen Berührungen vor Leidenschaft windest, desto stärker die Magie, die unser Pakt hervorbringt und desto schneller bist du mich für heute Nacht wieder los", säuselt er mir mit süßer Stimme zu. Als sich mein Körper sich schließlich langsam zu entspannen beginnt, lässt Vax von mir ab und richtet sich wieder auf. Mit einer lässigen Bewegung streicht er sich durch das dunkle volle Haar und sieht zu mir herunter. Genüsslich leckt er sich dabei über die Unterlippe.

„Also schön. Ich bin bereit meine Schuld abzubezahlen", ergebe ich mich schlussendlich. Mir ist bewusst, dass ich aus diesem Vertrag nur lebend herauskomme, wenn ich tue, was Vax von mir verlangt. Augen zu und durch. Doch da habe ich die Rechnung ohne den Dämon vor meiner Nase gemacht. So einfach lässt er mich nicht vom Haken.

„Ich bin froh, dass du endlich zur Vernunft gekommen bist. Hatte schon befürchtet, dass du nicht gerade zu den hellsten Kerzen auf der Torte zählst. Aber scheinbar habe ich mich getäuscht. Zeit die Hüllen fallen zu lassen, meinst du nicht auch?", lacht er teuflisch und schnipst dabei mit den Fingern. Sofort erfüllt der beißende Geruch von Schwefel und Feuer den Raum. Eine Säule aus Rauch und Flammen hüllt Vax Körper vollständig ein. Nur wenige Sekunden lang hält dieser Spuck an, dann präsentiert sich der Inkubus in seiner vollen Pracht vor mir. Schwarze Hörner ragen aus seinem Haarschopf und als er breit zu lächeln beginnt, kann ich seine spitzen Fangzähne sehen. Auch seine Kleidung hat sich verändert. Oberkörperfrei steht er vor mir. Über seinen rechten Arm verläuft eine Tätowierung bestehend aus infernalischen Zeichen und Symbolen, die sich bis auf seine Brust erstrecken. Unter seinem Bauchnabel verläuft eine dünne Linie aus dunklem Haar, deren Ende unter dem Bund seiner enganliegenden schwarzen Hose verschwindet.

„Soll mich das jetzt beeindrucken?", sage ich

schnippisch und versuche mir dabei nicht anmerken zu lassen, wie sehr mir sein Erscheinungsbild tatsächlich imponiert.

„Oh ich weiß, dass dich das beeindruckt. Falls du das verheimlichen wolltest, muss ich dir sagen, dass du eine schreckliche Lügnerin bist, meine kleine Hexe."

„Ich bin nicht deine Hexe", halte ich zickig dagegen, was ihn nur müde lächeln lässt.

„Doch, das bist du. Es gibt sogar ein Dokument, das das beweist. Geschrieben in Blut und mit deinem Namen drauf. Verwahrt in den unheiligen Hallen der infernalischen Bücherei. Papier und Blut lügen nicht. Du kannst es leugnen, solange du willst, doch an der Tatsache wird es nichts ändern. Du gehörst mir, mit Haut und Haar. Und ich gedenke, ab jetzt von meinem Besitzrecht Gebrauch zu machen, wann immer mir danach ist", erwidert Vax mit dunkler Stimme. Mit einer flinken Bewegung greift er nach meinem Gelenk und zieht mich von dem Sofa hoch in seine starken Arme. Unvorbereitet pralle ich gegen seine haarlose Brust. Sofort steigt mir wieder der Geruch von Moschus und Harz in die Nase. Es ist ein angenehmer Duft, der meine Nase umspielt und ein Gefühl von Wärme vermittelt.

„Für menschliche Verhältnisse ist dein Heim

bestimmt… gemütlich. Allerdings bevorzuge ich ein anderes Ambiente.“

Als wären Vax Worte eine Zauberformel, beginnt sich die Umgebung zu verändern. Alles verschwimmt in einem Meer aus schwarzen und roten Farben und auf einmal finde ich mich in einem mir fremden Raum wieder. Es ist ein pompöses Schlafzimmer, in dessen Mitte ein gigantisches Himmelbett steht.

Üppig bedeckt mit Kissen aus schwarzglänzender Seide lädt es zum Verweilen ein. Daneben steht ein Nachtschrank, auf dem ein Tablett mit zwei bauchigen Gläsern und roten Weintrauben angerichtet ist.

„Netter Zaubertrick“, schnaube ich gespielt unbeeindruckt und lasse meinen Blick durch das Zimmer streifen.

„Davon hab ich noch ein paar mehr auf Lager“, flüstert Vax mir zu, bevor er mich ohne viel Kraftaufwand mit den Füßen vom Boden hebt und über seine Schulter wirft. Wie ein Sack hänge ich da, unfähig mich aus seinem Griff zu befreien.

„Lass mich sofort runter“, schimpfe ich und trommle mit beiden Fäusten gegen seinen muskulösen Rücken.

„Wie du willst, Prinzessin“, lacht Vax und lässt mich ohne eine weitere Vorwarnung fallen. Vor Schreck nach Luft schnappend lande ich nicht auf dem harten Steinboden, sondern auf der weichen Matratze des Bettes. Die Laken fühlen sich kühl auf meiner erhitzten Haut an.

„Trink", befiehlt der Dämon in harschem Ton und hält mir dabei eines der Gläser unter die Nase. Ich nehme es in die Hand und betrachte argwöhnisch die dunkle Flüssigkeit im Inneren. Sie ist etwas dickflüssiger als normaler Wein, duftet aber angenehm süß nach Veilchen.

„Was ist das?", will ich von Vax wissen.

„Ein Aphrodisiakum. Damit du das erste Mal mit einem Inkubus frei von Scham genießen kannst. Und jetzt trink", mit dem letzten Satz greift er nach meiner Hand, die das Getränk hält, und führt sie in an meine Lippen. Mit vorsichtigen Schlucken lasse ich das zuckersüße Gebräu meine Kehle hinabrinnen. Ein Tropfen löst sich vom Glasrand und rinnt in einer dünnen Linie von meinem Mundwinkel das Kinn hinab. Nachdem Vax mir das leere Glas wieder abgenommen hat, beugt er sich zu mir herunter und leckt die rötliche Flüssigkeit von meiner Haut.

„Eine Sache noch, dann können wir uns miteinander vergnügen."

Mit einem anzüglichen Lächeln schnippt Vax erneut mit den Fingern. An der Umgebung selbst ändert sich dieses Mal nichts, doch dafür beginnt sich meine Kleidung aufzulösen. Das von Bier durchtränkte Hexenkostüm weicht und übrig bleibt ein Ensemble aus BH und Slip, deren schwarze Spitze sich angenehm an meine Haut schmiegt.

„Köstlich dieser Anblick", raunt Vax und reibt seine Nasenspitze an der empfindlichen Stelle zwischen meinem Hals und meiner Schulter. Eine Gänsehaut jagt über meinen gesamten Körper, was der Incubus zufrieden zur Kenntnis nimmt. Seine Fingerspitzen tänzeln über die Seiten meines Körpers und kitzeln dabei zärtlich meine Haut. Ich erzittere, was Vax mitten in der Bewegung innehalten lässt.

„Kälte oder Erregung?", erkundigt er sich mit hochgezogener Augenbraue.

„Warum interessiert dich das? Ich bin doch nur hier, um meinen Teil des Paktes zu erfüllen."

Etwas beleidigt setzt Vax an, eine weitere Passage aus unserem Vertrag zu zitieren: „Der Lustgewinn des Seelenträgers ist von entscheidender Bedeutung und muss vom Dämon gewährleistet sein. Und jetzt antworte mir. Zitterst du, weil dir kalt ist oder weil meine Berührungen dich erregen?"

„Erregung", gestehe ich mit bebender Stimme. „Sehr gut."

Mit diesen zwei Worten beugt er sich zu mir

herunter und beginnt meinen Hals zu liebkosen. Automatisch drehe ich meinen Kopf zur Seite, um ihm einen besseren Zugang zu gewähren.

„So eine brave Hexe", murmelt er leise gegen meine Haut, die er in Bahnen aus sanften Küssen hinunterwandert. Die Berührung seiner Lippen hinterlässt ein zuckersüßes Prickeln. Zärtlich knabbert er an meinem Schlüsselbein, bevor er den Weg hinunter zu meinen Brüsten findet. Immer wieder spüre ich die scharfen Spitzen seiner Zähne auf mir, wie sie sanften Druck ausüben, ohne mich dabei zu verletzen. Das vorsichtige Kratzen intensiviert das Ziehen in meinem Unterleib nur noch mehr. Ich weiß nicht, ob es an dem Aphrodisiakum liegt, aber mir gefällt, was Vax mit mir macht. Eine schnelle Nummer. Eine Pflichtveranstaltung. Auf mehr hatte ich nicht zu wagen gehofft, doch stattdessen nimmt sich dieser Dämon alle Zeit der Welt meinen Körper auf aufregende Art und Weise zu erkunden. Er ist erpicht darauf all meine Sehnsüchtige herauszufinden und mich in Lust vergehen zu lassen.

Mit seiner Zunge streicht Vax über die Stelle, wo meine Haut auf die Spitze des BHs trifft. Diese beinahe liebevolle Berührung entlockt mir ein leises Seufzen, was den Incubus weiter antreibt. Seine Fingerspitzen streichen über den fein verarbeiteten Stoff, bis sie die Erhebung meines

Nippels unter sich spüren. Mit neckischen Bewegungen fordert er ihn heraus, sorgt dafür, dass er sich ihm entgegenstreckt. Kreisend lässt er die Zunge darüber gleiten und durchnässt dabei die hauchfeine Spitze. Dieser Mann treibt mich in den Wahnsinn. Am liebsten würde ich mir den sündigen Fetzen vom Leib reißen, um alles ungefiltert spüren zu können. Vax scheint meine Gedanken zu lesen, denn mit einem geübten Griff befreit er meine Brüste aus ihrem seidigen Gefängnis. Gierig beginnt er daraufhin an meinem steifen Brustwarze zu saugen. Stöhnend bäume ich mich auf und drücke meinen Körper fester in seine starken Arme. Ich kann spüren, wie er gegen meine Haut lächelt. Andächtig knabbern seine Zähne an meiner zarten Knospe, bevor seine Zunge größere Kreise über meine Brust zieht. Eine angenehme Hitze steigt in mir auf und flutet mein Inneres wie ein Sonnenaufgang den frühen Morgen. Es ist, als würde etwas in mir erwachen und nach mehr lechzen. Mehr Berührungen. Mehr Liebkosungen. Mehr Vax.

„Du riechst betörend, meine kleine Hexe. Jeder Zentimeter deines Körpers verdient es verwöhnt zu werden", flüstert er. Während seine Lippen über meinen Bauch nach unten wandern, beginnen seine Hände zärtlich meine Brüste zu massieren. Seine Fingerspitzen streichen dabei immer wieder über meine hartgewordenen Nippel, die sich ihm begierig entgegenrecken. Plötzlich spüre ich Vax messerscharfe Zähne an meiner Haut. Ungeduldig zerren sie an dem feinen Spitzenhöschen, das meine feuchte Scham vor seinem lustvollen Blick versteckt. Ich hebe meine Beine ein wenig hoch, um ihm zu erlauben, mich auch von diesem Stoff zu befreien.

„So ein braves Ding", brummt Vax und zerrt dann mit einer einzelnen Bewegung das Spitzenteil von meinem Körper. Seine Augen leuchten, als sich die volle Pracht meines feuchtglänzenden Schoßes preisgibt. Lüstern leckt er sich über die Unterlippe, während er sich den Anblick jedes einzelnen Millimeters in sein Gedächtnis zu brennen scheint.

„Schau es nicht so genau an", flüstere ich beschämt und bedecke seine Augen mit meiner Hand. Ein amüsiertes Lachen steigt seine Kehle empor.

„Die Zeit für Schüchternheit ist bereits längst abgelaufen, meine süße kleine Hexe", raunt er mit tiefer Stimme und greift dabei nach meinem Handgelenk. Widerstandslos lasse ich es zu, dass er meine Hand von seinem Gesicht nimmt. Langsam führt er meine Finger an seine Lippen. Seine Zunge umspielt meine Fingerspitzen, bedeckt sie mit einer dünnen Schicht aus Speichel. Es kitzelt ein wenig, als sie über die Haut streicht und sich ihren Weg zwischen zwei Finger bahnt, bevor Vax zärtlich zu saugen beginnt. Ich spüre die Hitze, wie sie sich rot schimmernd auf meine Wangen legt.

„Weißt du was man über uns Teufel sagt?", fragt Vax und senkt dabei seinen Kopf zwischen meinen zitternden Schenkeln.

„Was?", keuche ich erregt und blicke herunter.

„Dass wir immer mit gespaltener Zunge sprechen", antwortet er und hebt seinen Kopf dabei ein wenig. Meine Augen weiten sich als ich erkenne, dass seine eigene Zunge auf einmal tatsächlich gespalten ist. Seine dunklen Augen fixieren mich. Ich fühle mich wie eine winzige Maus im Antlitz einer gefährlichen Schlange.

„Keine Angst. Ich beiße nie zu… außer man bettelt darum", grinst er teuflisch und versenkt dann sein Gesicht zwischen meinen Beinen. Seine Zungenspitzen streicheln abwechselnd meine geschwollene Klitoris. Stöhnend lasse ich meinen Kopf nach hinten fallen. Es fühlt sich an, als würden mich zwei Männer gleichzeitig verwöhnen. Fordernd leckt er über meine Liebesperle, bevor er sie zwischen die Lippen nimmt und daran saugt. Lustvoll bäume ich mich auf, kralle meine Fingernägel in die Laken unter mir.

Seine starken Hände greifen nach meiner

Hüfte, um mich mit sanfter Gewalt wieder unter Kontrolle zu bekommen.

Ruckartig zieht er mich näher zu sich und hebt meinen Unterkörper etwas an, so dass mein Hintern kaum mehr das Bett berührt. Gnadenlos bahnt sich seine gespaltene Zunge ihren Weg in mein feuchtes Inneres. Ich spüre, wie sich die Spitzen in mir auf und ab bewegen. Hungrig kostet er den Liebesnektar, der seine sinnlichen Lippen benetzt. Mein honigsüßer Geschmack scheint ihn süchtig zu machen, denn seine Zunge dringt immer weiter vor. Er ist so tief in mir, dass ich seine kühle Nasenspitze auf meiner Vulva spüre. Langsam zieht er seine Zunge aus mir zurück nur um sekundenspäter wieder in mich einzudringen. Ich stöhne laut auf, winde mich unter seinen Liebkosungen. Lange halte ich das nicht mehr aus. Die Erlösung ist so nah.

Doch zu meiner Enttäuschung zieht Vax sich plötzlich vollständig zurück. Sanft lässt er meinen Hintern zurück auf das Laken gleiten.

„Noch bin ich nicht fertig mit dir, Schätzchen. Der spaßige Teil kommt doch erst. Ich werde dir den Verstand aus deinem hübschen Köpfchen ficken und du wirst erst kommen, wenn ich es dir erlaube. Haben wir uns verstanden?"

Der Ton in seiner Stimme ist kühl und duldet

keinerlei Widerspruch. Als ich nicht sofort antworte, greift Vax mit zwei Fingern unter mein Kinn und dreht meinen Kopf so, dass ich ihn ansehen muss.

„Ob wir uns verstanden haben?", wiederholt er seine Frage mit noch mehr Nachdruck. Ich nicke schweigend. Mein Blick ist verklärt vor lauter Lust und Leidenschaft.

Das Einzige was ich in diesem Moment will, ist sein Schwanz in mir.

„Brav…und jetzt spreiz die Beine für mich", befiehlt er. Ich tue wie mir geheißen und entblöße meine Scham noch weiter vor ihm. Es raschelt leise, als er sich seiner Hose entledigt. Sofort springt mir sein erregtes Glied entgegen. Sein Schwanz ist perfekt. So wie alles an ihm. Mit der Spitze reibt er über meine Klitoris, was mir ein leises, aber lustvolles Wimmern entlockt. Ich fühle, wie mein Liebessaft seine Eichel befeuchtet. Immer schneller reibt er sich an mir und treibt mich damit schier in den Wahnsinn. Und dann…endlich… spüre ich, wie er in mich eindringt. Mühelos nehmen meine nassen Lippen sein Gemächt in mir auf und umschließen jeden Zentimeter mit ihrer einladenden Wärme. Überrascht keuche ich auf, als Vax mit fordernden Hüftbewegungen beginnt in mich zu stoßen.

Haltsuchend krallen sich meine Fingernägel in

seine muskulösen Schultern und hinterlassen dabei rote Striemen auf seiner blassen Haut.

„Zeig deine Krallen so viel du willst, mein Kätzchen. Ich werde nicht aufhören, bis deine Lustschreie auch im letzten Winkel dieser Hölle zu hören sind."

Immer schneller werden die Stöße, mit denen er mich um den Verstand bringt.

Ich schlinge meine Beine um ihn, damit ich ihn noch fester an mich pressen kann. Ich will alles von ihm mir aufnehmen, will jeden Zentimeter seines pulsierenden Glieds in mir spüren. Von Lust getrieben packt Vax mit einer Hand meinen Hals und drückt mit sanfter Gewalt meinen Kopf nach hinten. Seine Zunge gleitet über meine Kehle, schmeckt meine salzige Haut. Sie wandert über meinen Kieferknochen hinauf zum Mund, wo sie sich erbarmungslos zwischen meine Lippen schiebt. Unsere Körper verschmelzen in einem heißen Kuss, der unsere Leidenschaft nur noch weiter vorantreibt. Gierig sauge ich an seiner Zunge und schmecke mich dabei selbst. Vax andere Hand findet ihren Weg zwischen unsere Körper. Während er mich mit leidenschaftlichen Stößen bearbeitet, massiert sein Daumen mit sanft kreisenden Bewegungen meine Klitoris. Ich kann keinen klaren Gedanken mehr fassen.

Das Gefühl ist einfach überwältigend.

„Lass uns gemeinsam den Höhepunkt erreichen, meine kleine Hexe", knurrt er mir heißer in
mein Ohr. Er verstärkt den Druck seines Dau-
mens und es fühlt sich an, als könnte ich jederzeit
vor Lust explodieren. Ich bebe unter seinem
schweißnassen Körper.

Und dann sagt er die Worte, nach denen ich
mich so verzehrt habe: „Komm für mich."

Bedingungslos folgt mein Schoß seinem Befehl
und ich werde verschlungen von einer elektrifi-
zierenden Welle. Endorphine kitzeln jede Faser
meines Körpers, als ich Vax heißen Samen in mir
aufnehme. Meine vor Verzückung zitternde
Pussy milkt auch den letzten Tropfen aus seinem
pumpenden Schwanz heraus. Erschöpft, aber
glücklich versuche ich meinen rasenden Herzschlag zu beruhigen und wieder zu Atem zu können.

„Gutes Mädchen", brummt Vax lächelnd und
gibt mir einen Kuss auf die von Schweiß benetzte
Stirn. Eine zärtliche Geste, die mich sehr überrascht.

„Komm her."

Mit diesem Satz zieht er mich in seine starken
Arme. Während mein Kopf auf seiner Brust ruht,
lausche ich seinem regelmäßigen Herzschlag.

Seine Haut fühlt sich warm an meiner Wange

an. Während seine Fingerspitzen meinen Skalp mit sanften Druck massieren, werde ich immer müder.

„Schlaf jetzt, Hexenmädchen.“

Seine Worte klingen wie eine Beschwörungsformel.

„Mia.“

„Wie bitte?“

„Mein Name ist Mia. Merk dir das fürs nächste Mal“, nuschle ich schlaftrunken. Bevor mein Verstand vollkommen in der traumlosen Dunkelheit versinkt, spüre ich noch, wie sein Brustkorb unter einem leisen Kichern erbebt.

Kapitel 2

Raunächte

„Wenn der Atem einer Hexe verweht,
erzürnt sich der Fluss der Magie zum stürmischen Ozean."

Die leidenschaftliche Nacht mit Vax ist bald nicht mehr als eine vage Erinnerung. Ein Fiebertraum, den ich bereits zu vergessen drohe.

Eisiger Nordwind jagt an diesem Dezembermorgen über die Dächer der Stadt und zerrt erbarmungslos an meinem Haar. Regenschwangere Wolken ziehen träge ihre Bahnen am trüben Himmel. Aus der Ferne rollt ein unheilvolles Grollen daher. Die Raunächte haben begonnen. Die Zeit zwischen den Jahren, in der der Schleier zwischen dem Dies- und dem Jenseits besonders dünn ist. Mächtige Zauber werden in diesen Tagen gesprochen, um Glück und Reichtum für die Zukunft zu bringen. Eigentlich sollte ich mich freuen, ist unsere Magie zu diesem Zeitpunkt doch am kraftvollsten, aber irgendetwas bereitet mir Unbehagen. Es ist nur ein Flüstern in der hintersten Ecke meines Verstandes. Zu leise, als dass ich es verstehen könnte und doch weiß ich, dass es nichts Gutes zu verheißen mag.

Ich bin bereits komplett durchgefroren, als ich endlich den Gebäudekomplex erreiche, in dem sich mein Büro befindet. Ja, auch zur Raunachtszeit steht das moderne Leben einer Hexe nicht still. Weihnachtsgeschenke und Festtagsschmaus wollen schließlich bezahlt werden.

Mit rotem Näschen und zitternden Fingern lasse ich mich auf meinem Bürostuhl nieder. Was für ein beschissenes Wetter heute und dabei waren die letzten Tage doch so überraschend mild gewesen.

Während ich noch überlege, ob ich mir erst einen Kaffee machen oder mich gleich Hals über Kopf in die Arbeit stürzen soll, klopft es laut an meiner Tür. Wenige Sekunden später betritt ein hochgewachsener Mann den Raum. Es ist der Boss höchstpersönlich.

„Guten Morgen Miss Ember. Ich wollte ihnen nur kurz ihren neuen Teamleiter vorstellen", begrüßt er mich mit ruhiger Stimme.

„Neuer Teamleiter? Ich wusste gar nicht, dass die Stelle frei ist", entgegne ich überrascht.

„Nun… Mister Thomson hatte einen Unfall, aber glücklicherweise kann ich diese Lücke ausfüllen", erklingt plötzlich eine mir vertraute Stimme. An die Seite meines Chefs tritt ein Mann mit schwarzem Haar. Er trägt einen dunkelblauen Anzug, der perfekt zur Farbe seiner Augen passt.

Der will mich doch verarschen.

„Ja… was für ein Glück", wiederhole ich die Worte. Der Sarkasmus in meiner Stimme ist nicht zu überhören.

„Ich habe sie beide für das Dawson-Projekt eingetragen. Sie sollten den Moment nutzen und sich etwas vertraut miteinander machen, denn in den nächsten Tagen werden sie viel Zeit miteinander verbringen", zwinkert mein Chef mir zu, eher er den Raum wieder verlässt.

Mit einem leisen Klicken fällt die Tür hinter ihm ins Schloss.

„Was zum Teufel machst du hier?"

Mein unbeabsichtigtes Wortspiel scheint ihn zu amüsieren. Lächelnd und mit schnellen Schritten kommt er auf mich zu.

„Warum so ein abfälliger Ton? Tu doch nicht so, als würdest du dich nicht darüber freuen mich wiederzusehen", lächelt er und lehnt sich dabei ein Stück zu mir vor. Um Platz zwischen uns zu schaffen, drücke ich mich tiefer in die Rückenlehne meines Stuhls.

„Was hast du mit dem armen Mister Thomson angestellt?", hake ich weiter nach und versuche dabei seinem durchdringenden Blick standzuhalten.

„Ich? Welche üble Verdächtigung", ruft Vax beinah verletzt aus und greift sich mit einer theatralischen Geste an die Brust, als hätten meine scharfen Worte direkt sein Herz durchbohrt.

„Lass doch das Schmierentheater und beantworte einfach meine Frage", entgegne ich kühl und verschränke dabei die Arme vor meiner Brust.

„Das Schicksal ist ein mieser Verräter, Schätzchen. Der gute Mister Thomson war einfach zur falschen Zeit am falschen Ort. Mehr sage ich dazu nicht", zwinkert er mir zu, woraufhin ich nur die Stirn in Falten lege.

„Das darf ja wohl alles nicht wahr sein", schnaube ich genervt. „Und was genau verschafft mir jetzt die zweifelhafte Ehre deiner Anwesenheit?"

Lässig an meinen Schreibtisch gelehnt beginnt Vax wieder damit, einen Absatz aus unserem Vertrag zu zitieren. Dabei erhebt er einen Finger und rattert die Passage nur so herunter: „Bei Gefahr in Verzug ist der Dämon bis zum endgültigen Abschluss des Vertrages dazu verpflichtet, Leib und Leben des Seelenträgers zu schützen. Hierzu ist auch ein längerer Aufenthalt als üblich unter den Menschen gestattet."

Als er fertig ist, schüttele ich nur verständnislos den Kopf.

„Mach mal halblang. Wovon redest du da? Was für eine Gefahr?"

Für einen kurzen Augenblick verändert sich der Ausdruck auf Vax Gesicht. Er wirkt ernster, beinahe besorgt.

„Hast du es etwa nicht bemerkt? Nun… es wird nicht lange dauern, bis sie dich kontaktieren. Bis dahin bleibe ich in deiner Nähe und jetzt… husch husch an die Arbeit kleines Mäuschen."

Bevor ich noch etwas sagen kann, löst sich Vax direkt vor meinen Augen auf. Zurück bleibt nur eine Wolke aus Rauch und Ruß.

„Was ist mit dem Dawson-Projekt?", rufe ich in die Leere meines Büros hinein, doch eine Antwort bleibt der Dämon mir schuldig. Ist ja ganz fantastisch. Jetzt hab ich nicht nur einen Incubus an der Backe kleben, sondern muss auch noch die Arbeit von zwei Leuten gleichzeitig machen. Kann dieser Tag denn noch beschissener werden?

Kurzer Einschub aus der Zukunft:
Ja das kann er!

Es ist bereits später Abend, als ich mich leise seufzend in meinem Bürostuhl zurücklehne und an die Decke starre. Die anderen Büros sind verwaist, die Kollegen bereits nach Hause gegangen. Es herrscht eine beinahe gespenstische Stille, die nur von einem unregelmäßigen Klopfen an meinem Fenster unterbrochen wird.

Irritiert drehe ich den Kopf zur Seite und erblicke einen großen Raben, der mit seinem Schnabel gegen das Glas tippt. Ächzend erhebe ich mich und öffne das Fenster, so dass der Vogel auf die innere Fensterbank hüpfen kann.

Sein schwarzes Gefieder glänzt unter dem hellen Schein der Deckenlampe. Vorsichtig tätschle ich sein Köpfchen, während ich nach der Schriftrolle greife, die zwischen seinen Krallen steckt. Selbst in Zeiten von Smartphone und Internet zieht es der Coven vor, seine Botschaften auf die altertümliche Weise zu überbringen. Aber was will man von über tausend Jahre alten Hexen auch anderes erwarten.

Langsam entrolle ich das vergilbte Pergament, während der Rabe sich mit flatternden Flügeln wieder in den schwarzen Nachthimmel emporhebt.

Geschätzte Schwestern und Brüder des Coven,

mit Trauer im Herzen muss ich euch mitteilen, dass unsere geliebte Schwester Mary Opfer eines grausamen Angriffes geworden ist. Die gefundenen Beweise deuten darauf hin, dass die Hexenjäger erneut ihre Jagd auf den großen Coven und seine Mitglieder eröffnet haben.

Dieser blutige Gewaltakt hat ein tiefes Loch in das Herz unserer Gemeinschaft gerissen. Eine Wunde, die lange nicht heilen wird.

Wir alle sind nun angehalten, unsere gefallene Schwester in unsere Rituale während der Raunächte mit einzubeziehen und ihrer zu gedenken. Begleiten wir sie auf ihrem letzten Weg zum Fluss der Magie aus dessen Wellen sie wiedergeboren werden mag.

Möge die Macht der alten Riten uns in dieser dunklen Zeit stärken und vereinen, während wir uns gegen die scharfen Schwerter der Hexenjäger erheben.

Unterzeichnet ist der Brief von Mysandra. Eine der Ältesten. Mächtige Hexen, die die Geschicke des Coven leiten und deren wachsame Augen auf jedem Einzelnen von uns ruhen. Ich kannte Mary kaum, weswegen die Nachricht ihres Ablebens kaum Gefühle in mir hervorruft. Vielmehr beunruhigt mich die Tatsache, dass Hexenjäger für ihren Tod verantwortlich sein sollen. Es ist bald ein ganzes Jahrzehnt her, dass diese Krieger einer von uns das Leben nahmen. Mich beschleicht das ungute Gefühl, dass mehr dahintersteckt, als diese Zeilen hier verraten.

„Möchtest du dich in meinen starken Armen ausweinen?"

Erschrocken zucke ich zusammen, als unvermittelt Vax Stimme hinter mir erklingt.

„Hör auf, dich so anzuschleichen", brumme ich und drehe mich dabei langsam zu ihm um.

„Nanu? Keine Tränen? Das plötzliche Ableben deiner Schwester scheint dich nicht wirklich zu interessieren. Was für eine kleine herzlose Hexe du doch bist. Das gefällt mir", grinst Vax, was ich mit einem Schulterzucken quittiere.

„Sie war weder meine Schwester noch meine Freundin noch sonst irgendwas. Ich kannte sie ja kaum. Meine Tränen spare ich liebe für die auf, die mir wirklich etwas bedeuten", erkläre ich meine Gefühlskälte.

„Dennoch scheint dich etwas zu beschäftigen. Willst du deine Gedanken mit mir teilen?", säuselt Vax, während er sich hinter mich stellt und mit sanftem Druck meine Schultern massiert. Meine Haut beginnt unter seinen Berührungen zu kribbeln.

„Scheinbar sind Hexenjäger für die Tat verantwortlich", murmle ich und schließe dabei die Augen.

„Scheinbar?", raunt Vax und schiebt dabei mein Haar zur Seite. Seine Daumen wandern hinauf zu meinem Genick, wo sie ihre Massage fortsetzen.

„Ich finde das seltsam. Warum sollten die Hexenjäger das Abkommen brechen? Nur wenn eine Hexe mit böser Magie das Leben eines Unschuldigen nimmt, dürfen sie eingreifen. Hätte Mary eine solche Tat begangen, hätte der Coven das doch mitbekommen. Den alten Weibern entgeht nichts", versuche ich meine Zweifel zu begründen.

„So würde ich das nicht sagen. Auch ihre allsehenden Augen lassen sich mit dem richtigen Zauber blenden. Schließlich haben sie auch nicht bemerkt, dass ich die Fesseln gelöst habe, die deine Magie im Zaum hielten. Vielleicht hat die gute Mary doch mehr Dreck am Stecken, als du denkst. Du weißt ja wie es heißt… stille Wasser sind tief und dreckig", erwidert Vax und bedeckt zwischen seinen Worten meinen Nacken mit federleichten Küssen.

„Ein so gewiefter Dämon wie du könnte doch sicherlich unbemerkt ein paar Nachforschungen zu diesem Mordfall anstellen, oder?", sage ich mit verführerischer Stimme. Ich kann Vax Lächeln an meiner Haut spüren.

„Warum sollte ich das tun, kleine Hexe? Das ist nicht Teil unseres Vertrages."

„Sowohl Dämon als auch Seelenträger steht das Recht zu, ihren Vertrag, um weitere Forderungen zu erweitern, sofern beide bereits einen Teil ihrer Schuld beglichen haben", führe ich keck an, was Vax mitten in der Bewegung verharren lässt. Obwohl ich sein Gesicht nicht sehen kann, spüre ich seine Überraschung.

„Versuchst du mich mit meinen eigenen Waffen zu schlagen?", knurrt er mit gefährlich tiefer Stimme. Ich kann mir ein siegessicheres Lächeln nicht verkneifen.

„Ich habe die Zeit seit deinem letzten Besuch einfach für ein paar Recherchen genutzt. Man sollte auf alles vorbereitet sein, wenn man sich auf einen Teufel einlässt", schmunzle ich, was Vax aufschnaufen lässt.

„Gut von mir aus. So sei es. Ich werde Augen und Ohren offenhalten und versuchen, etwas herauszufinden. Aber dafür verlange ich hier und jetzt meine Belohnung", wispert er nach einigen Sekunden in mein Ohr. Sein Atem streicht einer sanften Brise gleich über mein Gesicht. Doch dann, ohne jegliche Vorwarnung, verstärkt er den Griff um meinen Nacken und drückt mich mit voller Wucht nach unten, so dass mein Oberkörper auf dem Schreibtisch aufliegt.

Vor Schreck keuchend versuche ich mich herauszuwinden, doch Vax drückt mich unerbittlich auf die harte Tischplatte.

„Na na na… wollen wir wohl aufhören uns zu wehren. Ich fordere nur den Preis ein, der mir zusteht", amüsiert er sich, während die Finger seiner anderen Hand langsam meinen Oberschenkel hinaufwandern. Beinahe zärtlich streichen sie über das Nylon meiner schwarzen Strumpfhose, bevor sie unter meinem Rock verschwinden. Ein reißendes Geräusch erfüllt den Raum, als Vax mit einem kraftvollen Ruck das feine Gewebe auf Höhe meines Hinterns auseinanderzerrt.

„Das ist doch schon viel besser", raunt er zufrieden und lockert dabei den Griff um meinen Nacken. Durch den Stoff meiner Bluse hindurch kann ich spüren, wie seine Fingerspitzen meine Wirbelsäule entlangtänzeln, bevor er seine Hand schlussendlich mit einem klatschenden Geräusch auf meine Pobacke niedersausen lässt. Mir bleibt vor Schmerz fast die Luft weg.

„Hör auf damit", zische ich.

„Wir wissen beide, dass du das nicht wirklich willst", erwidert Vax unbeeindruckt und schiebt dabei meinen Rock über meine Hüfte. Beinahe andächtig massiert er die Stelle, an der sein Schlag einen roten Handabdruck auf meiner Haut hinterlassen hat. Gierig zerrt er kurz darauf an meiner Unterhose, bis das Kleidungsstück nachgibt und zu Boden geht.

„Ich habe eine kleine Überraschung für dich", säuselt Vax mit lieblicher Stimme. Ich kann hören, wie er seine Hose öffnet. Mein Herzschlag beschleunigt sich in Erwartung der Wonnen, die dieser Teufel mir bescheren kann. Auch wenn ich es nicht wahr haben will: mein Körper ist süchtig nach ihm. Jede Berührung, jeder Kuss, bringen mich in lustvolle Höhen hinauf, die ich zu erreichen nie zuvor in der Lage war.

„Letztes Mal habe ich mich noch etwas zurückgehalten, denn ich wollte nicht, dass mein neues Spielzeug gleich zerbricht. Aber die Schonfrist ist vorbei, Prinzessin. Heute gehen wir in die Vollen."

Während der Incubus spricht, kann ich fühlen wie die Spitze seines Schwanzes ungeduldig gegen meine feuchten Eingang drückt, und Einlass erbittet. Doch dann spüre ich plötzlich noch etwas anderes. Ein weiterer Penis reckt sich mir entgegen und presst gegen meine Rosette.

„Was zur Hölle", hauche ich überrascht, was Vax ein kehliges Lachen entlockt. Ich kann es kaum glauben, aber dieser verdammte Teufel hat tatsächlich zwei Schwänze.

„Keine Sorge meine Schöne, dieses kleine Extra dient lediglich dazu, deine und meine Lust zu verdoppeln", redet er mit beruhigender Stimme auf mich ein, während er sanft über mein Haar streichelt.

„Versuch locker zu bleiben. Ich werde deine Löcher erst ficken, wenn ich sie entsprechend vorbereitet habe. Und jetzt spreiz deine Beine für mich."

Als ich mich nicht sofort rühre, schnalzt Vax genervt mit der Zunge.

„Stottere ich etwa? Spreiz. Deine. Beine."
Um seinem Befehl Ausdruck zu verleihen, presst er sein Knie zwischen meine zitternden Schenkel und schiebt sie ruckartig auseinander.

„Ich kann es kaum erwarten, dich wieder auf meiner Zunge zu schmecken", knurrt er mit erregter Stimme. Langsam geht er hinter mir auf die Knie. Seine Finger positioniert er auf meinen Pobacken, bevor er sie begierig auseinanderzieht.

„Warte… nicht da", versuche ich ihn aufzuhalten, doch meine Worte verhallen ungehört. Stattdessen beginnt Vax damit, seine Zunge zwischen meinen feuchten Schamlippen entlanggleiten zu lassen. Auf und ab. Ganz langsam.

„Ich hab deine kleine Pussy wirklich vermisst", flüstert er gegen meine Haut, bevor seine Zungenspitzen meine Klitoris massieren.

Wieder fühlt es sich an, als würden zwei Männer gleichzeitig meine geschwollene Lustperle liebkosen. Erregt stöhne ich auf.

Haltsuchend krallen sich meine Finger um die Tischkante. Vax führt indes unbeirrt sein Treiben fort. Seine Zunge wandert zwischen meine Arschbacken und beginnt in kleinen Kreisen meine Rosette zu massieren. Immer weiter verstärkt er den Druck, bevor seine feuchte Spitze ungehindert eindringen kann. Das unbekannte, aber schöne Gefühl lässt mich lustvoll aufstöhnen.

„Das ist mein braves Mädchen. Und jetzt setz dich auf den Tisch und heb deine Beine für mich"

Während Vax sich wieder aufrichtet, folge ich seinem Befehl und rutsche auf die Tischkante.

„So folgsam", lobt der Dämon mich und streicht dabei mit seinem Daumen über meinen Wangenknochen.

Er beugt sich zu mir nach unten und unsere Lippen verschmelzen zu einem leidenschaftlichen Kuss. Mit seinem Gewicht drückt Vax mich noch weiter nach hinten, so dass ich mich auf den Ellenbogen abstützen muss. Seine Finger gleiten meinen Hals hinunter. Erst zu meinem Schlüsselbein, dann zum obersten Knopf meiner Bluse.

„Du treibst mich wirklich an den Rande des Wahnsinns, meine kleine Hexe. Dein Körper ist wie eine Droge, nach der ich wahrlich süchtig geworden bin."

Ohne Vorwarnung reißt Vax meine Bluse auf. Ihre Knöpfe verteilen sich daraufhin in alle Himmelsrichtungen und meine in Spitze gehüllten Brüste springen ihm förmlich entgegen. Von Lust getrieben vergräbt er sein Gesicht zwischen meinen weichen Hügeln und inhaliert meinen Duft.

„Berauschend", flüstert er und legt dabei einen meiner steifen Nippel frei. Hungrig beginnt er daran zu saugen und mein gesamter Körper erzittert. Die Hitze in meinem Inneren wird schier unerträglich. Ich will ihn endlich in mir spüren.

„Fick mich", keuche ich erregt.

„Was war das?", hakt Vax nach und sieht mir dabei direkt in die Augen.

„Ich will, dass du mich endlich fickst", wiederhole ich meinen Wunsch.

„Sag schön bitte."

„Vax… bitte", hauche ich vor Lust vergehend.

„Braves Mädchen."

Mit sanftem Druck beginnt Vax in mich einzudringen. Während meine nasse Pussy ihn sofort gierig in sich aufnimmt, ziert sich mein kleines Arschloch noch ein wenig. Millimeter für Millimeter schiebt sich Vax harter Schwanz in meine enge Rosette. Zunächst verspüre ich ein leichtes Ziehen, doch dann ist da nur noch dieses köstliche Gefühl vollkommen ausgefüllt zu sein. Stöhnend lege ich den Kopf in den Nacken und spreize meine Beine ein Stück weiter, damit er noch tiefer in mich eindringen kann.

„Was sind wir heute doch für ein gieriges, kleines Ding", kichert Vax. Vorsichtig beginnt er sich zu bewegen. Erst langsam, dann immer schneller. Mit jedem Mal werden seine Stöße fordernder. Lust und Erregung mischen sich in meinem Inneren zu einer explosiven Mixtur. Um uns herum verschwimmt die Welt zu einem unbedeutenden Nichts. Ein heiserer Lustschrei verlässt meine Lippen, als Vax mich noch näher an die Tischkante und damit weiter zu sich heranzieht. Während seine beiden Schwänze mich über die Grenzen meiner Lust treiben, schiebt er seinen Daumen in meinen leicht geöffneten Mund.

„Streck die Zunge raus", befiehlt er schwer atmend und ich gehorche. Während mein gesamter Körper unter seinen harten Stößen erzittert, spuckt er mir direkt auf meine Zunge.

„Schluck es runter."

Sein Ton ist hart und duldet keinerlei Widerspruch. Folgsam gehorche ich und schlucke seinen Speichel, der sich bereits mit meinem vermischt hat.

„Gutes Mädchen", lächelt Vax zufrieden und intensiviert die Stärke seiner Stöße.

Mein Verstand ist kurz davor sich in der Hitze dieser Begegnung zu verlieren.

Jede Faser meines Körpers schreit nach Erlösung. Alles was ich fühle, sind seine Schwänze, die mich vollkommen ausfüllen.

„Nein… das ist zu viel", wimmere ich mit hoher Stimme, als Vax mit seinem Daumen beginnt meine Klitoris zusätzlich zu stimulieren.

„Oh, meine kleine Hexe. Sieh dich an. Du willst es doch. Ich kann spüren wie deine feuchten Löcher mich förmlich auffressen. Du machst das so gut, Prinzessin."

Seine Stimme ist wie Honig, der meinen schwindenden Verstand mit seiner klebrigen Süße umhüllt, während Vax selbst meine vor Feuchtigkeit glänzende Lustperle weiter massiert. Immer wieder verstärkt er den Druck, während ich mich selbst zu verlieren drohe.

„Willst du kommen?", fragt er mit einem teuflischen Grinsen. Als Antwort nicke ich, unfähig meine Gedanken in Worte zu fassen.

„Du willst kommen, während ich dich mit meinen beiden Schwänzen vögele? Ist es das was du willst? Sag es."

„Ja! Ich will kommen, während deine verdammten Schwänze in mir stecken!", schreie ich lustvoll heraus.

Mit einem zufriedenen Ausdruck im Gesicht beschleunigt Vax ein letztes Mal seine harten Stöße.

Sein Daumen gleitet schneller über meine Klitoris. Als ich den Höhepunkt erreiche, erbebt mein Körper unter einer Welle der Leidenschaft. Meine Löcher zucken wild vor Erregung und treiben auch Vax an seine Grenzen. Sein heißer Atem streicht über mein Gesicht, als er sich stöhnend der Erlösung hingibt. Beide Schwänze pumpen seinen heißen Samen tief in mich hinein, während ich noch immer auf Wolke sieben Schwebe, unfähig mich zu rühren.

„Bei allen neun Höllen", knurrt er leise und stützt sich dabei mit einer Hand neben mir auf dem Schreibtisch ab. Mein Atmen ist schnell und flach. In wilden Schlägen pocht mein Herz gegen den Brustkorb und droht jeden Moment überzuspringen. Unsere schweißnassen Körper kleben förmlich aneinander, als wollten sie für immer verschmolzen bleiben. Unsere verklärten Blicke treffen sich und für einen Moment scheint die Zeit stehen zu bleiben. Langsam beugt Vax seinen Kopf zu mir herunter und unsere Lippen vereinen sich erneut zu einem zärtlichen Kuss. Er schmeckt süß, nach Wein und dunkler Schokolade. Als wir uns nach einer gefühlten Ewigkeit wieder voneinander lösen, reicht Vax mir die Hand, um mir vom Schreibtisch herunterzuhelfen. Meine Beine zittern, als ich endlich wieder festen Boden unter den Füßen habe.

„Scheiße", nuschle ich ein wenig verzweifelt, als ich an mir heruntersehe. So kann ich doch nicht rausgehen. Meine Bluse und Strumpfhose sind komplett zerrissen und offenbaren mehr meines Körpers, als sie verbergen.

„Hier nimm das. Mein Wagen steht vor der Tür, ich fahr dich nach Hause", sagt Vax leise und legt mir dabei sein Sakko über die Schultern.

„Dein Wagen?", wiederhole ich mit hochgezogener Augenbraue.

„Wieso so überrascht? Hat ein Teufel kein Recht auf ein angemessenes Gefährt?", entgegnet Vax mit einem amüsierten Lächeln.

„Nein… das ist es nicht. Ich dachte eher du würdest dich wieder in Luft auflösen oder dich von deinen dunklen Schwingen in die Nacht tragen lassen", versuche ich meine Irritation zu erklären.

„Nun, meine kleine Hexe, ich habe dich auch noch nie auf einem Besen reiten sehen. Wer sich zwischen den Menschen bewegt, der muss sich auch ab und an anpassen", lacht er.
Bevor er mich zu Tür hinausschiebt, drückt er mir noch einen Kuss auf die Stirn. Diese zärtliche, zwischenmenschliche Geste überrascht mich jedes Mal aufs Neue und dennoch genieße ich sie.

Kapitel 3

Walpurgisnacht

„Am Kreuzweg zweier göttlicher
Schicksale, wo Vergangenheit auf
Zukunft traf, entzündete sich das Feuer der Walpurgis-
nacht"

Was habe ich mich gefreut, als vor wenigen Wochen ein Rabe mit der Einladung zur alljährlichen Walpurgisnacht in mein Haus flatterte. Sehnsüchtige habe ich die Tage gezählt und jetzt, nach einem anstrengenden Flug, sitze ich endlich im Zug und genieße die malerische Landschaft, die träge an mir vorbeizieht. Die alte Dampflok stößt pfeifend dicke Rauchschwaden in den Himmel, während sie sich ihren Weg durch die sanften Hügel Irlands bahnt. Ich blicke aus dem Fenster und sehe tiefgrüne Wiesen, gesäumt von moosbewachsenen Steinmauern, die das Land in Parzellen teilen. Die Maisonne senkt sich bereits langsam dem Horizont entgegen und taucht alles in ein warmes, goldenes Licht.

In der Ferne erheben sich majestätische Berge,

deren Gipfel von nebligen Wolken umhüllt werden. Der breite Fluss, der an den Schienen entlangläuft, mündet alsbald in einen klaren, silbrigen See.

Alte Burgen thronen stolz über dem Land, während sich die Dörfer mit ihren farbenfrohen Häusern an die Hänge der Berge schmiegen. Das Fenster neben mir ist einen Spalt breit geöffnet und eine sanfte Brise weht um meine Nase. Es duftet nach frischem Gras und einem Hauch Sommer. Ich könnte ewig hier sitzen und die Landschaft bestaunen, doch die Durchsage des Schaffners kündigt bereits unsere bevorstehende Ankunft an. Nachdem die Lok ruckelnd zum Stehen gekommen ist, schultere ich meinen Reiserucksack und trete hinaus auf den Bahnsteig. Die Temperaturen sind überraschend mild für diese Jahreszeit.

Mit kreisenden Schulterbewegungen versuche ich meinen steifgewordenen Körper zu lockern, bevor ich schlussendlich das alte, traditionelle Bahnhofsgebäude betrete. Die Wände sind aus massivem Stein gebaut, mit hohen Bögen und wenig Fenstern. Eine große, schmiedeeiserne Uhr dominiert den Eingangsbereich, ihre filigranen Zeiger langsam vorwärts bewegend. Die Verzierungen um den Rand verleihen dem Ungetüm eine gewisse Eleganz. Außer mir befindet sich niemand sonst in dem Gebäude. Durch ein schweres Eisentor hindurch verlasse ich diesen Ort, der aus der Zeit gefallen zu sein scheint und trete hinaus auf die Straße.

Mein Blick fällt auf ein wartendes Taxi. Das einzige Auto weit und breit. Ob der Fahrer auf mich wartet? Während ich auf das Fahrzeug zugehe wandern meine Augen über das Dorf, das hinter dem Bahnhofsgebäude versteckt liegt. Cottages und alte Häuser mit strohbedeckten Dächern säumen die gepflasterten Straßen und üppig gefüllte Blumenkäste schmücken die Fensterbretter. Die Farben der Blüten leuchten im Schein der Abendsonne. In den kleinen Gärten ringsum wächst bereits das erste Gemüse der Saison. Die krummen Wege aus dicken Pflastersteinen schlängeln sich zwischen den Häusern entlang und laden zu einem gemütlichen Spaziergang durch das Dorfidyll ein. Wer weiß, welche Geheimnisse sich in den engen Gassen dieses Ortes verbergen.

„Entschuldigen sie bitte", sage ich freundlich, als ich mich zum Fahrer des wartenden Wagens hinunterbeuge. Der Rest meiner Worte bleibt mir im Halse stecken, als mein Blick auf die dunklen Augen des Mannes treffen, der hinter dem Steuer sitzt.

Es ist, als würde ich direkt in das Herz eines

tiefen Ozeans blicken.

„Vax… Was um alles in der Welt tust du hier?", schnaube ich mit hochgezogener Augenbraue.

„Ich will nur den Rest der Reise für meine kleine Hexe so angenehm wie möglich gestalten", lächelt er kokett. Ich rolle mit den Augen, nehme aus Mangel an Alternativen dann dennoch auf dem Beifahrersitz Platz.

„Dass ich nicht einmal auf einem anderen Kontinent meine Ruhe vor dir habe", brumme ich mit vor der Brust verschränkten Armen, den Blick stur aus dem Fenster gerichtet.

„Paragraph 9, Absatz 3: Das durch diesen Vertrag geknüpfte, magische Band verbindet Dämon und Seelenträger über Kontinente und Gezeiten hinweg. Weder Entfernungen noch die Zeit vermögen dieses Band zu schwächen, und es wird fortbestehen, bis die letzte Schuld aufgebraucht ist oder der Vertrag in seiner Gänze gebrochen wird. Diese Verbindung ist unzerbrechlich und von jeglicher Magie unberührt", zitiert Vax unseren infernalischen Vertrag.

Er greift mit einer Hand an die Lehne meines Sitzes, wirft einen Blick nach hinten und lenkt das Fahrzeug gekonnt auf die Straße zurück. Dabei kann ich spüren, wie sein Atem ganz sacht über meine Wangen streicht.

Sofort reagiert mein Körper und jagt mir einen

wohligen Schauer über den Rücken. Schweigend versuche ich, mir nichts davon anmerken zu lassen.

„Also, wo soll es hingehen, meine Schöne?", erkundigt sich Vax. Leise murmelnd belege ich das im Auto integrierte Navigationsgerät mit einem Ortungszauber. Der Ort der Festlichkeiten verbirgt sich tief verborgen im grünen Herzen eines Waldes, unweit dieses Dörfchens. Während der Wagen in gemächlichem Tempo über die von Schlaglöchern übersäte Straße rollt, schiele ich immer wieder unauffällig zu meinem Fahrer herüber. Vax dunkles Haar ist locker nach hinten gestylt und er trägt wie üblich einen perfekt sitzenden Anzug, diesmal aus einem tiefgrauen Stoff.

„Erklär mir doch einmal, warum ihr euch an so einem abgeschiedenen Ort am Arsch der Welt trefft", erkundigt sich Vax, den Blick konzentriert nach vorne gerichtet. Wo hat so ein Dämon eigentlich den Führerschein gemacht? Gibt's da in der Hölle Fahrschulen?

Ich räuspere mich leise, bevor ich zu erklären beginne: „In uralten Zeiten, als der Schleier zwischen den Welten noch dünn war, vermählten sich in der Nacht zum ersten Mai Miravah, die Göttin der Magie und Morpheus, der Gott er Nacht und Träume. Auf einer geheimnisvollen Lichtung, umgeben von einem perfekten Kreis mannshoher Steine, wurden die unsterblichen Bande zwischen diesen Gottheiten geknüpft."

„Und diese Lichtung liegt hier in Irland?", unterbricht Vax meine Geschichte.

„Exakt. Die Liebe dieser beiden entzündete ein Feuer, das die Kälte des Winters vertrieb und den warmen Sommer willkommen hieß. Deswegen feiern wir jedes Jahr an diesem heiligen Ort, wo Zauber und Natur sich vereinen, ein Fest der Fruchtbarkeit und der ewig währenden Magie."

„Klingt ganz schön kitschig, wenn du mich fragst. Ich dachte immer, ihr würdet zur Walpurgisnacht auf euren Besen gen Blocksberg reisen, wilde Orgien feiern und es hart mit Satan treiben", entgegnet Vax, nachdem ich meine Erzählung abgeschlossen habe.

„Dich fragt aber keiner. Den ganzen Satansscheiß haben uns die Fanatiker der katholischen Kirche angedichtet. Wenn eine Frau ihre Weiblichkeit und Macht feiert, dann kann sie ja nur mit Satan im Bunde sein", zische ich angesäuert.

„Pack die Krallen wieder ein Kätzchen. Wir haben das Ziel erreicht", lacht der Dämon und deutet mit dem Zeigefinger am Lenkrad zu dem Wald, der sich in seiner dunklen Pracht vor uns erstreckt.

Ich warte bis der Wagen an einer geeigneten

Stelle zum Stehen kommt und steige aus.

„Was genau wird das?", frage ich irritiert, als Vax den Motor abstellt.

„Was denkst du was das wird? Ich werde dich natürlich begleiten", erwidert er schulterzuckend. Mit bleibt fast die Spucke weg.

„Auf gar keinen Fall wirst du mich begleiten. Dir steht das Wort ‚Teufel' förmlich auf der Stirn geschrieben. Das ist nur für Hexen und Hexer. Was denkst du was passiert, wenn sie bemerken, dass ein Incubus in ihrer Mitte verweilt?", sprudelt es nur so aus mir heraus.

„Entspann dich doch mal. Die alten Säcke werden einen Scheiß bemerken. Die erkennen einen Teufel doch nicht mal, wenn sein Schwanz in ihnen steckt", amüsiert sich Vax, bevor er ebenfalls aussteigt. Während er den Wagen umrundet, verändert sich sein Aussehen. Vor mir steht plötzlich eine rothaarige Frau, der Inbegriff wahrer Schönheit. Wilde Locken umrahmen ihr ebenmäßiges Gesicht. Unter moosgrünen Augen, die neugierig die Umgebung scannen, verläuft eine hauchzarte Spur von Sommersprossen. Ihr üppiger Busen wird von einem Korsett aus goldverziertem, dunkelblauen Stoff gehalten, das sich eng um ihre schmale Taille legt.

„Komm schon, sei keine Spielverderberin.

Nimm mich mit. Es wird keiner merken, wer ich wirklich bin. Ich verspreche es hoch und heilig", bittet Vax und kreuzt dabei die Finger seiner erhobenen Hand.

„Die Versprechen eines Dämons sind genauso viel Wert wie das Pergament, auf dem sie geschrieben stehen", erwidere ich schnippisch, woraufhin sich seine wohlgeformten Lippen zu einem Schmollmund verziehen.

„Bitte. Ich bin auch ganz brav."

„Wieso willst du überhaupt mit? Feiert ihr in der Hölle keine eigenen Partys?", versuche ich seine wahren Beweggründe herauszufinden.

„Die sind langweilig und nicht zu vergleichen mit Feierlichkeiten auf dieser Ebene", winkt er ab, bevor er weiterspricht: „Und außerdem will ich verhindern, dass irgend so eine wertlose Kreatur Hand an dich legt. Du gehörst mir und sollte irgendjemand versuchen dich zu beschmutzen, dann lasse ich ihn zu Staub zerfallen."

Vax eisige Stimme und der bedrohliche Blick in seinen Augen bereiten mir eine Gänsehaut. So habe ich ihn noch nie gesehen.

„Ist ja schon gut. Dann komm eben mit", versuche ich ihn zu beschwichtigen und der Plan scheint aufzugehen.

Seine Haltung entspannt sich sichtlich und ein

zufriedenes Lächeln huscht über seine Lippen.

„Dann mal los!", ruft er fröhlich aus und hakt sich bei mir unter. Ehe ich noch etwas sagen, zieht er mich auch schon in die Dunkelheit des Dickichts hinein. Die Schatten der mächtigen Bäume verschlingen uns mit Haut und Haar. Der aufgeregte Ruf eines Kauzes durchdringt die abendliche Stille und lässt mich erschrocken zusammenzucken. Hier und da ist ein unheilvolles Knacken zu hören, als wir uns den Weg durch das Gehölz bahnen. Die Dämmerung hüllt den Wald in einen düsteren Schleier, der einem die Sicht erschwert. Plötzlich ist ein leises, aber glockenhelles Kichern zu hören. Rings um uns herum erscheinen auf einmal bläulich schimmernde Irrlichter. Ihr zarter Schimmer erinnern mich an Sternenstaub.

Sie leuchten uns einen versteckten Pfad zwischen den Baumstämmen entlang. Schon bald weht der laue Nachtwind vertraute Lieder an mein Ohr und ich kann zwischen den Baumstämmen etwas aufblitzen sehen.

„Wunderschön", seufze ich vollkommen verzaubert, als wir endlich die Lichtung betreten, in deren Mitte sich der Kreis aus mannshohen Steinen erhebt. Der Ort unserer Legenden. Ich lasse meinen Blick schweifen.

Geräumige Zelte verteilen sich kreuz und quer,

geschmückt mit bunten Lampions und hellen Kerzen. Fackeln säumen den Rand der Lichtung. Ihre flackernden Flammen werfen tanzende Schatten auf den Boden. Der würzige Duft eines Lagerfeuers hängt in der Luft, die erfüllt ist mit Gelächter und Gesang. Eingebettet ins Dickicht und nur schwer zu erkennen, sind kleine Hütten verstreut, einladend und heimelig.

In manchen von ihnen brennt Licht, andere wiederum stehen dunkel und verwaist da.

„Zelt oder Hütte?", frage ich Vax augenzwinkernd.

„Nun, ich würde ein modernes Hotelzimmer bevorzugen, aber da das wohl nicht zur Auswahl steht, tendiere ich zur Hütte", erwidert er nach kurzer Bedenkzeit. Gemeinsam gehen wir zu der Hütte, die uns am nächsten liegt. Als wir durch die quietschende Tür hindurch eintreten, begrüßt uns ein erdiger Duft, der von den getrockneten Kräutern herzurühren scheint, die in Bündeln an der Decke hängen.

Mit einem Fingerschnipsen entzünde ich die steinerne Feuerstelle und sofort erfüllt die wohlige Wärme des prasselnden Feuers den Raum. Über den Flammen hängt an einem Dreifuss ein gusseiserner Kessel, dessen Inhalt langsam zu brodeln beginnt, während sich die Aromen von Kräutern und Gewürzen in der Luft verteilen.

Mit geschlossenen Augen schnuppere ich vorsichtig am köchelnden Inhalt. Es ist ein wärmender Eintopf aus Wurzelgemüse und Lammfleisch. Von Zauberhand für die Gäste dieser kleinen Behausung zubereitet. An den Wänden sind Regale angebracht, auf denen staubige Wälzer und bunte Glasflaschen in verschiedenen Formen und Größe stehen.

Manche sind dick und bauchig, andere hoch und schmal. Unter einem dieser Regale steht ein kleines Tischlein, das offenkundig als Hexenaltar dient. Geschmückt mit allerlei Materialien wie Mörsern, Trankzutaten und funkelnden Kristallen ist es der perfekte Platz, um mit den Naturgeistern und der Göttin der Magie in Verbindung zu treten. Zusätzlich dazu erstreckt sich ein langer Holztisch in der Mitte des Raums, darauf Geschirr aus Ton und Holz sowie ein Krug, der sich bereits auf magische Art und Weise mit bernsteinfarbenem Honigwein gefüllt hat. Mir gegenüber befindet sich ein breites Bett mit bunt zusammengewürfelten Kissen, das zu einer Rast einlädt und dem ganzen Ambiente eine gewisse Gemütlichkeit verleiht.

„Bezaubernd", sagt Vax tonlos, als er seinen Blick über das Inventar gleiten lässt. Ich bin mir nicht sicher, ob ich da nicht einen Hauch Ironie heraushöre. Während Vax sich an eines der winzigen Fenster stellt und mit verschränkten Armen nach draußen sieht, schenke ich uns etwas Wein an.

„Bitte schön", lächle ich charmant und reiche ihm einen der befüllten Tonbecher. Er nimmt dankend an, ohne dabei den Blick auf mich zu richten.

„Was gibt es da draußen denn so Spannendes? Willst du dich unters Volk mischen und ums Feuer tanzen?", erkundige ich mich verschmitzt lächelnd. Ich genehmige mir einen Schluck. Der süße Geschmack des schweren Weins wärmt mich sofort von innen heraus und nur wenige Momente später schimmern meine Wangen in einem leichten Rosa.

„Ich dachte, dass ich etwas gesehen hätte", erklärt Vax sein Verhalten und nippt danach ebenfalls an seinem Getränk. Sofort verzieht er das Gesicht zu einer angewiderten Maske. „Scheiße schmeckt das süß. Das klebrige Zeug bekomm ich nicht runter"

Augenrollend nehme ich ihm den Becher ab und stelle ihn zurück auf den Tisch.

„Reichlich unentspannt für eine Höllenkreatur", sage ich leise, woraufhin Vax sich umdreht und lüstern zu grinsen beginnt.

„Es gäbe da die ein oder andere Möglichkeit,

um mich zu entspannen", flüstert er und kommt dabei direkt auf mich zu. Der Schein des Feuers verfängt sich in seinem Haar und lässt die ungezähmte Lockenmähne blutrot schimmern. Für jeden Schritt, den er in seiner nymphenhaften Gestalt auf mich zumacht, mache ich einen nach hinten, bis ich schlussendlich mit den Beinen gegen das Bett stoße.

„Wollen wir den Teil, bei dem du so tust, als würdest du dich nicht nach mir verzehren, gleich überspringen?", raunt er mir leise zu und legt dabei eine Hand zärtlich um meinen Nacken. Mit sanfter Gewalt zieht er mich zu sich und drückt seine weichen Lippen auf die meinen. Vereint in diesem sanften Kuss, pressen sich unsere Körper aneinander. Brust an Brust.

„Setz dich auf die Bettkante, meine kleine Hexe", keucht er erregt, nachdem er sich wieder von mir gelöst hat. Ich tue was er von mir verlangt.

„Und jetzt schieb den Rock über deine Hüften", befiehlt Vax mit sanfter Stimme, während er vor mir auf die Knie geht. Wieder gebe ich ihm, was er von mir begehrt.

„Sieh an... wir tragen heute keine Unterwäsche. Wie unartig", säuselt er lächelnd.

Sein Kopf senkt sich dabei zwischen meine vor

Erregung zitternden Schenkel.

„So wunderschön", murmelt er andächtig und bedeckt meine Vulva mit federleichten Küssen. Seine Finger gleiten zwischen meine Schamlippen entlang, verteilen dabei meinen süßen Nektar. Mit der Zungenspitze fährt er zärtliche Kreise um mein verstecktes Juwel herum. Dieses Mal kann ich meine Lust nicht im Zaum halten. Ich vergrabe meine Finger in seinem dichten Haar und drücke seinen Kopf fester gegen mich. Sein Lächeln kann ich auf meiner Haut spüren, während er zu saugen beginnt. Seine vollen Lippen schließen sich warm und hungrig um meine geschwollene Liebesperle herum. Gierig nach mehr fange ich an, meine Hüften zu bewegen und sie fester gegen seinen Mund zu drücken. Seine Zunge gleitet zwischen meinen Schamlippen und als sie langsam in meine feuchte Pussy eindringt, beginne ich sein Gesicht zu ficken. Ich lege den Kopf in den Nacken und genieße den Moment, in dem ich Mal die Kontrolle habe. Mein Griff lockert sich, als ich spüre, wie Vax sich etwas nach hinten lehnt.

„Zieh mich aus", sagt er und stellt sich dabei mit dem Rücken zu mir, so dass ich die Schnüre des Korsetts lösen kann. Mit zittrigen Fingern entwirre ich den Knoten.

Nachdem sein Oberkörper frei ist, ziehe auch

den Rock herunter, versessen darauf, diesen kurvenreichen Körper in all seiner Pracht zu sehen. Mit den Händen an Vax Hüften, bringe ich ihn dazu sich zu mir herumzudrehen.

„Gefällt dir was du siehst, meine kleine Hexe? Ich kann dir all deine dreckigen Wünsche erfüllen, du musst mir nur sagen, was dein Herz begehrt."

Mit diesen Worten stellt er eines seiner Beine auf der Bettkante direkt neben mir ab. Die Hitze in meinem Schoß verzehrt mich und ich kann es kaum erwarten diese sanfte Haut auf meiner Zunge zu kosten. Ich lehne mich etwas nach vorne, inhaliere seinen süßen Duft. Ganz sachte lecke ich über seine Klitoris. Es ist nicht das erste Mal, dass ich bei einer Frau liege, aber das erste Mal, dass ich es ich es mit einem männlichen Dämon in Frauengestallt treibe. Eine Erfahrung, die so aufregend ist, dass mein ganzer Körper vor Ekstase zittert.

Mit geschlossenen Augen sauge ich an seiner rosigen Perle. Ich will, dass er vor Lust vergeht, genauso wie ich stets unter seinen Berührungen. Ich fühle, wie er unter meinen Liebkosungen erbebt und es gefällt mir. Ruckartig stehe ich auf und presse meine Zunge zwischen seine Lippen. Unser leidenschaftlicher Kuss stiehlt ihm den Atem, während ich sanft die weichen Brüste massiere, die sich vor mir präsentieren. Ich wandere seinen Hals und das Schlüsselbein hinab, bis ich endlich eine dieser prallen Früchte in den Mund nehmen kann. Ich lecke und sauge an seinem steifen Nippel. Zufrieden lächelnd vernehme ich dabei sein lustvolles Stöhnen. Sein Puls beschleunigt sich spürbar unter der makellosen Haut. Plötzlich versetzt Vax mir einen leichten Schubser, so dass ich schwer keuchend auf der weichen Matratze lande.

Mit festem Griff packt er mein Bein und winkelt es so an, dass er sich dazwischenschieben kann. Während wir erneut in einem innigen Kuss miteinander verschmelzen, reibt Vax seine feuchte Pussy an meinem Schenkel. Ich kann fühlen, wie er den Liebessaft auf meiner Haut verreibt. Fordernd greife ich nach seinen Arschbacken und schiebe ihn weiter zu meiner Mitte, bis sich unserer Liebesperlen berühren. Von Leidenschaft überwältig, versuche ich mich dem Rhythmus seines Beckens anzupassen. Stöhnend reibe ich meine feuchte Klitoris an seine. Wir folgen einer Musik, dessen Takt nur wir beide hören können. Doch es reicht mir nicht. Ich will mehr von ihm. Ich will alles. Mit einer geschmeidigen Bewegung drehe ich uns, so dass Vax mit dem Rücken auf der Matratze aufkommt.

Lächelnd setze ich mich rittlings auf ihn drauf.

„Genug Verstecken gespielt für heute, Vax. Ich will dich so wie du bist, mit allem was dazu gehört. Scharfe Zähne, Hörner, dämonische Augen…das ganze Programm", flüstere ich ihm ins Ohr und knabbere dabei zärtlich an seinem Ohrläppchen.

„Wie du willst", grinst Vax teuflisch und binnen weniger Sekunden hat er seine dämonische Gestalt wieder angenommen.

Mit den Fingerspitzen streiche ich beinahe andächtig über die empfindliche Haut unterhalb seiner rotglühenden Augen.

„Atemberaubend", hauche ich und lasse dabei meine Fingerspitzen über seine Bauchmuskeln tänzeln. Immer tiefer wandern sie, bis ich endlich seinen harten Schaft in meiner Hand halte. Die Gier in mir ist zu groß geworden. Ich kann nicht mehr länger warten. Ich hebe meine Hüfte und platziere mich direkt über seinem Schwanz. Ganz langsam lasse ich mich hinabgleiten und heiße dabei jeden Zentimeter von ihm in meiner feuchten Wärme willkommen. Als ich alles aufgenommen habe, fange ich an, meine Hüften zu bewegen. Auf und ab. Immer schneller. Meine Brüste wippen leicht, während ich Vax reite. Seine Hände an meinen Hüften geben den Takt an und ich folge bereitwillig.

Dieses Mal dauert es nicht lange, bis sein

heißer Saft mein Inneres flutet. Mit seinem Daumen an meiner Klitoris gibt er mir den letzten Stoß und ich versinke in den Fluten eines berauschenden Orgasmus. Schwer atmend lasse ich mich neben Vax nieder, der mich daraufhin in seine muskulösen Arme schließt.

„So ein gutes Mädchen", flüstert er gegen meine Haut und bedeckt meinen Nacken mit sanften Küssen. Ich lege mein Haupt auf seiner Brust ab und schließe die Augen.

Für einen langen Moment herrscht einvernehmliches Schweigen zwischen uns.

„Möchtest du im Bett bleiben oder dich lieber noch unter die Leute mischen? Es ist schließlich Walpurgisnacht. Du willst deine Göttin doch nicht erzürnen", durchbricht Vax nach einer Weile die Stille mit leiser Stimme.

„Vermutlich hast du Recht. Ich sollte mich mal draußen blicken lassen", kichere ich und hebe meinen Kopf. Wir kleiden unser wieder an und verlassen nach einem dampfenden Teller stärkenden Eintopfs die kleine Hütte.

Der prächtige Vollmond hüllt alles in ein silbrig schimmerndes Licht und die Sterne glitzern wie tausende Diamanten am samtschwarzen Nachthimmel. Vax, der mittlerweile wieder die Form der rothaarigen Schönheit angenommen hat, schreitet an meiner Seite durch das feuchte

Gras. Gemeinsam lassen wir uns heißen Gewürz-
wein und süßes Stockbrot am Feuer schmecken.
Aus allen Ecken der Lichtung weht der Wind
Musik zu uns her. Geigen, Flöten und auch Trom-
meln vereinen sich zu einer wilden Melodie, die
mit den Feuerfunken in den Himmel empor-
steigt. Dem Reigen folgend tanzen Vax und ich
Hand in Hand lachend durch die Nacht, bis wir
erschöpft aber Arm in Arm zu Boden sinken.
Es war ein zauberhaftes Fest, wenn auch nicht so
gut besucht wie die Jahre zuvor. Mir kamen bereits Gerüchte zu Ohr, dass viele Brüder und
Schwestern aus Angst vor einem erneuten An-
schlag der Hexenjäger die Einladung ausgeschla-
gen hatten. Was für eine Schande, dass diese be-
rauschende Feier unter solchen Widrigkeiten zu
leiden hat. Während ich in Erinnerungen an die
vergangenen Momente schwelge, umhüllt uns
die Dunkelheit und in der Abgeschiedenheit unseres lauschigen Plätzchens verfallen wir in einen
tiefen Schlaf, wohlbehütet vom Gott der Träume.

Die friedliche Stille dieser Nacht währt nicht
ewig, denn als die blutroten Strahlen der Morgensonne sich im ersten Tau brechen, hallt ein
markerschütternder Schrei über die Lichtung zu
uns herüber. Schlaftrunken setze ich mich auf.

Mein Haar ist zerzaust und steht in alle

Himmelsrichtungen ab. Leichter Nebel zieht einem Schleier gleich über die Felder und Wiesen dieses Landes.

„Was war das?", nuschle ich kaum in der Lage, ein klares Wort zu formulieren. Aufgeregtes Stimmengewirr dringt an mein Ohr.

„Da stimmt etwas nicht", sagt Vax und ist schneller auf den Beinen als ich bis drei zählen kann. Im Schlaf scheint er wieder seine ursprüngliche Form angenommen zu haben.

„Warte…", krächze ich trocken und greife nach seinem Arm, bevor ich nach einem leisen Räuspern weiterspreche: „Du kannst da nicht hingehen. Bleib hier und lass mich nachsehen."

„Aber…"

„Kein aber, Vax. Du sollst mich vor Schwierigkeiten beschützen und mich nicht in welche stürzen."

„Na schön… aber ich werde dich im Auge behalten", schnaubt er unzufrieden. Das Geräusch von flatternden Flügelschlägen ist zu hören und in einem Sturm aus schwarzen Federn verwandelt Vax sich in einen Raben. Sein prächtiges Gefieder glänzt im Schein der aufgehenden Sonne, als er sich in den Himmel erhebt und zwischen den üppigen Baumkronen verschwindet.

Ich atme einmal tief durch, bevor ich mich vom

Boden erhebe und zu den anderen Hexen eile, die in einem Kreis um etwas herumstehen. Zwischen ihren aufgeregten Rufen kann ich kaum etwas verstehen. Lediglich einige Wortfetzen kann ich aufschnappen. Einer dunklen Vorahnung folgend, schiebe ich mich an den Frauen und Männern vorbei, die mir die Sicht versperren. Manch ein Gesicht ist tränenbenetzt, andere vor Wut und Angst verzerrt. Als ich endlich die Mitte der Menschentraube erreiche kann ich erkennen, was für die Unruhen sorgt.

Im feuchten Gras liegt ein blutverschmierter Leichnam. Eine der unseren, abgeschlachtet wie ein Stück Vieh. Unter der zerrissen Kleidung prangern blutrote Symbole, eingeritzt in die bleiche Haut der Toten. Sie sind mir nicht unbekannt. Ich habe diese Zeichen in vielen Büchern gesehen, die sich mit der Hexenverfolgung beschäftigen. Es ist das Zeichen der Jäger. Hexenjäger. Sie sind hier. Ängstlich sehe ich mich um, scanne mit meinen Augen das Dickicht ab, das die Lichtung umgibt. Doch erkennen kann ich nichts. Sie werden mit Sicherheit bereits geflüchtet sein. Aber warum diese grauenhafte Hinrichtung? Die Walpurgisnacht ist eines unserer heiligsten Feste und eine Jagd zu dieser Zeit strengstens untersagt.

Der uralte Pakt zwischen Coven und

Jägergilde sollten uns vor so etwas beschützen. Warum brechen sie ihn erneut und das so vollkommen unverblümt? Etwas an dieser Sache stinkt bis zum Himmel, das spüre ich in meinen Eingeweiden. Mir bleibt nicht genug Zeit, den Tatort weiter nach Hinweisen abzusuchen, denn die Heilerinnen sind eingetroffen und scheuchen die Schaulustigen unnachgiebig davon.

Sie wollen dem Leichnam seine Salbung geben und die gefallene Hexe für ihre letzte Reise vorbereiten, bevor die Inquisitoren des Coven hier eintreffen.

Diese Männer und Frauen werden immer dann gerufen, wenn sich innerhalb des Zirkels ein Verbrechen ereignet. Das hexenhafte Pendant zur Kriminalpolizei, wenn man so will. Ich muss Vax finden, damit wir von hier verschwinden können. Wir dürfen auf keinen Fall hier sein, wenn diese magischen Spürhunde auftauchen. Die Gefahr ist zu groß, dass sie die Fährte des Incubus aufnehmen und unser Geheimnis an die Oberfläche gezerrt wird.

Ich wende mich gerade zum Gehen ab, als mein Blick auf einen Mann fällt, der in etwa meinem Alter entspricht. Seine Augen liegen hinter dem Schatten einer Kapuze verborgen.

Lediglich das markante Kinn und der

Dreitagebart sind zu erkennen. Der Typ gehört definitiv nicht hierher. Mit seiner gepolsterten Rüstung aus schwarzem Leder scheint es, als würde er aus einer längst vergangenen Zeit stammen. Die anderen Hexen und Hexer bemerken ihn vor lauter Aufregung überhaupt nicht. Doch ihm bleibt mein skeptischer nicht verborgen. Er hebt den Kopf in meine Richtung und für einen kurzen Moment starren wir uns schweigend an. Ehe ich etwas sagen kann, verschwindet er in der sich auflösenden Menschentraube.

„So leicht kommst du mir nicht davon", flüstere ich mir selbst zu und nehme die Verfolgung auf. Elegant schiebe ich mich an den anderen Personen vorbei, doch als ich den Waldrand erreiche ist der Fremde bereits aus meinem Blickfeld verschwunden.

„Scheiße", zische ich zornig und sehe mich dabei um. Meine Augen entdecken einen kleinen Trampelpfad, der von der Lichtung direkt in den Wald führt. Schnellen Schrittes schlage ich diesen Weg ein. Die herunterhängenden Äste der Sträucher und Baume zerren an meiner Kleidung, als würden sie mich von meinem Vorhaben abhalten wollen. Unbeirrt schlage ich mich weiter durch das Unterholz, bis ich einen kleinen Bach erreiche, der sich plätschernd durch den finsteren Wald schlängelt. Das Blätterdach ist hier so dicht, dass kaum ein Sonnenstrahl den Boden berührt. Fröstelnd ziehe ich die Schultern hoch und reibe mir über die Oberarme.

„Wo bist du nur?"

Mein Atem steigt in Form einer winzigen Dampfwolke gen Himmel. Ich schließe die Augen für einen Moment und lausche. Vogelgezwitscher, Wasserrauschen, kleine Tiere die über den moosbedeckten Waldboden huschen und dann ein lautes Knacken direkt hinter mir. Als wäre etwas Schweres auf einen trockenen Ast getreten. Ich spüre eine Präsenz, die sich mir unaufhaltsam nähert. Innerlich wappne ich mich, bereit mein Leben zu verteidigen. Als ein leises Atmen hinter mir zu hören ist, drehe ich mich blitzschnell um und hole zu einem magieverstärkten Schlag aus.

„Vorsicht, kleine Hexe, sonst wirst du dir nur selbst wehtun", lächelt Vax, der meinen Faustschlag nur wenige Millimeter vor seinem Gesicht abgefangen hat, nonchalant.

„Vax", keuche ich aufgeregt.

„Auf der Lichtung war ein Fremder. Definitiv keiner unserer Art. Ich habe ihn verfolgt, aber er ist verschwunden und…"

„Hol mal Luft, bevor du mir hier noch kollabierst", unterbricht er mich mit hochgezogenen Augenbrauen.

„Ich bilde mir das nicht ein. Hier war jemand",

versuche ich mich zu erklären.

„Ja, ich weiß. Ich habe seine Präsenz gespürt. Vermutlich hat er gemerkt, dass du ihm auf den Fersen bist und hat ein Portal genutzt, um von hier zu verschwinden", erwidert Vax und lässt seinen Blick dabei in die Ferne schweifen, seinen Arm dabei fest um meine Taille gelegt.

„Ein magisches Raum-Zeit-Portal meinst du? Das ist ein verdammt mächtiger Zauber, den nur die geübtesten Hexen beherrschen und…"

„Hexenjäger", beendet Vax meinen Satz.
Für einen Moment blicke ich ihm sprachlos ins Gesicht.

„Es wäre selten dämlich von ihm, nicht vom Tatort zu verschwinden, sondern sich noch unters Volk zu mischen. Man hätte ihn entdecken und sofort für sein Verbrechen zu Rechenschaft ziehen können", setze ich nach einigen Sekunden wieder an.

„Außer dir hat ihn aber keiner bemerkt. Das Portal wäre jedenfalls eine logische Erklärung dafür, warum er vollständig von meinem Radar verschwunden ist. Du solltest jetzt ebenfalls von hier verschwinden. Mir ist nicht wohl bei dem Gedanken, dass du an diesem Ort verweilst. Die Gefahr ist zu groß, dass es einen weiteren Mord gibt", gibt Vax mir zu bedenken.

„Ist gut. Ich packe meine Sachen und dann

verschwinde ich von hier. Halte dich bedeckt und stoße erst später zu mir", nicke ich zustimmend.

Als ich zu der Lichtung zurückkehre sind bereits einige Brüder und Schwestern dabei, ihre Sachen zu packen und den Ort dieser grauenhaften Tat zu verlassen. Bei all der herrschenden Aufregung ist es auch für mich ein leichtes, den Platz ungesehen zu verlassen.

Noch lange verweilen meine Gedanken bei diesem Fremden und dem schrecklichen Verbrechen, das er an unserer Art beging. Durch seine Klinge wurde aus der Walpurgisnacht ein Blutfest.

Kapitel 4

Erntedank

„Am Rande des Herbstes, wenn die Erde ihre Früchte hervorbringt, erheben sich die Lieder der Hexen"

Frühling wird zu Sommer, Sommer zu Herbst und das Rad der Zeit dreht sich unaufhörlich weiter. Die Felder stehen bereits golden da und die Bauern beginnen eifrig ihre Ernten einzufahren. Bald schon wird der warme Sonnenschein rauen Stürmen weichen müssen. Bereits jetzt hat der Herbst seinen Farbpinsel geschwungen und die ersten Blätter kunterbunt eingefärbt.

Seit der Walpurgisnacht sind Vax und ich uns noch näher gekommen. Mittlerweile teilen wird fast jede Nacht das Bett miteinander. Aber wenn das Morgenrot am Tag darauf den Himmel blutrot färbt, ist Vax bereits verschwunden. Als wäre er nur ein Traum, der mitsamt der Nacht verfliegt. Doch er ist mehr als nur ein Traumgebilde.

Selbst wenn er bereits seit Stunden verschwunden ist, verweilt sein Duft noch immer auf meiner

Haut. Ein Bouquet, das ich überall wiedererkennen würde. Inzwischen teile ich mit Vax so viel mehr als nur unsere Körper.

Wir liegen oft noch lange wach und unterhalten uns über die Götter und die Welt. Mit seinen fantastischen Geschichten über die Hölle und ihre Kreaturen erstaunt mich dieser gutaussehende Dämon immer wieder aufs Neue. Wenn es mir schlecht geht, ist er die Schulter, an der ich mich ausweinen kann und wenn ich mich freue, dann freut er sich mit mir. Ich wusste gar nicht, dass ein Teufel so schön lächeln kann. Er ist ein ruheloser Geist, der meine Gedankenwelt heimsucht und allmählich kann ich mich der offenkundigen Wahrheit nicht weiter verschließen. In unserem Vertrag steht vielleicht geschrieben, dass mein Körper der Preis für unseren Handel ist, doch in Wahrheit habe ich so viel mehr geopfert, nämlich mein eigenes Herz.

Vax hatte mich vorgewarnt, dass er in den nächsten Wochen wenig Zeit für Besuche auf der Erde haben würde. Was haben Teufel eigentlich so Wichtiges zu erledigen? Gibt es irgendwelche Meetings oder Pflichtveranstaltungen in der Hölle? Oder liegt er etwa bei einer anderen, mit der er ebenfalls einen Pakt hat? Nein, Vax meinte, ich sei die Einzige, mit der er einen Pakt geschlossen hat. Aber kann ich ihm trauen? Dieser Dämon hat definitiv mehr Geheimnisse vor mir, als die Weltmeere unentdeckte Tiefen bergen. Seine Abwesenheit hat eine seltsame Leere in mir ausgelöst. Ein Gefühl, das ich so zuvor noch nie gespürt habe. Als die Sehnsucht zu groß wurde, habe ich sogar versucht, ihn mit einem Beschwörungszauber herbeizurufen, aber meine flehentlichen Bitten verhallten ungehört. Zudem beschleicht mich in letzter Zeit immer wieder eine gewisse Unruhe. Eine nicht greifbare Vorahnung. Mir ist, als würde mich jemand aus dem Schatten heraus beobachten. Ein Eindringling. Ein Fremder, der nichts Gutes im Sinn hat. Doch meine Befürchtungen sind haltlos und lassen sich nicht mit Beweisen untermauern, weswegen ich diesbezüglich bisher Stillschweigen wahrte.

Um mich abzulenken habe ich daher beschlossen, einen kleinen Ausflug zu unternehmen. Eine spirituelle Reise, wenn man so will, um meinen Geist zu reinigen und mein Herz zu beruhigen. Erntedank steht kurz bevor. Eine passende Gelegenheit sich für ein paar Tage in ein Häuschen fernab der Zivilisation zurückzuziehen und im Einklang mit der Natur zu leben. Mit kleinen Ritualen möchte ich mich bei der grünen Mutter für ihre Gaben und Schätze bedanken.

Das Haus steht inmitten eines Waldes, nur eine Stunde Fahrt von mir entfernt. Es gehört zu den

Besitztümern des Covens und ist mit reichlich Schutzzaubern versehen, die nur Zirkelmitgliedern den Eintritt erlauben.

Mit geschickten Bewegungen lenke ich meinen Wagen entlang des malerischen Waldweges, der sich durch die dichten Baumreihen windet. Die Blätter über mir flüstern im sanften Wind und das Sonnenlicht tanzt durch die Äste, streicht mir durch das geöffnete Fenster wärmend über die Wange. Während ich tiefer in den Wald vordringe, erfüllt die leise Melodie meines Lieblingsmusikers das Wageninnere. Rechts und links des Weges wachsen üppige Sträucher, deren Zweige sich unter der Last überreifer Beeren biegen. Der laue Abendwind trägt den Duft von nasser Erde und Moos zu mir herüber. Ich atme tief ein und genieße den Augenblick, während der Fahrtwind mit meinem Haar spielt.

Als ich endlich das Ende des Pfads erreiche, taucht vor mir das Haus auf. Eingebettet in die Schönheit der Natur wie ein verstecktes Juwel. Holz und Glas verschmelzen zu einem harmonischen Gebilde.

Das moderne Ambiente überrascht mich doch ein wenig, bin ich vom Coven eher altertümliches gewohnt.

Die Stufen, die zu Veranda und Haustür hinaufführen, sind von bunten Blättern bedeckt. Ein

Schaukelstuhl wiegt sich sanft im Herbstwind und lädt zum Verweilen ein. Ich parke meinen Wagen auf der mit Kies bedeckten Auffahrt.

Die Steinchen knirschen bei jedem Schritt unter meinen Füßen, als ich auf das Haus zu gehe. Ein magisches Wort, mehr braucht es nicht, damit sich die Tür wie durch Zauberhand leise klickend öffnet. Im Inneren des Häuschens riecht es nach Mädesüß und Rosmarin. Mit einem Fingerschnipp sorge ich für ein knisterndes Feuer im Kamin, das die Räume mit Wärme und Behaglichkeit erfüllt. Ich stelle meinen Koffer ab und gehe auf direktem Weg in die Küche. Von dort aus führt eine Glastür zu einer Holzveranda, hinter der sich ein wunderschöner See erstreckt. Sein klares Wasser spiegelt das goldene Licht der untergehenden Abendsonne wider. Die Oberfläche glitzert und funkelt, als würden sich hunderte von Diamanten auf dem Grund des Sees befinden. Mein Blick schweift hinaus zu dem Wald, der das Gewässer in stummer Schönheit umsäumt. Ein Gefühl der Ruhe und Geborgenheit erfüllt mich, als ich die friedliche Szenerie betrachte. Genau hier, an diesem Ort, fühle ich mich lebendig und frei. Die Dämmerung zieht bereits über das Land, als ich die letzten Handgriffe an meinem Abendessen vollende. Das Aroma von knusprig gebratenen Hähnchenschenkeln umschmeichelt meine Sinne, als ich das dampfende Backblech aus dem Ofen ziehe. Goldbraun gebackene Kartoffeln, blanchierte Möhren und allerlei frische Kräuter runden mein köstliches Mahl ab. Die Stimme des Waldes ist ungewöhnlich laut zu dieser späten Stunde. Immer wieder verleitet mich ein Rascheln oder Knacken dazu, einen skeptischen Blick aus dem Fenster zu werfen. Doch was auch immer diese Geräusche verursacht, es bleibt im Schatten der aufziehenden Dunkelheit verborgen. Nachdem ich mir das Hähnchen habe schmecken lassen, bereite ich mich auf das Ritual vor.

Silbrig schimmert das Mondlicht auf dem durchsichtigen Stoff meines Kleides, das mehr meines Körpers enthüllt als verbirgt. Mit einer Himmelslaterne in der Hand, betrete ich die Veranda. Die kalte Nachtluft streicht sacht über meine Oberarme und bereitet mir eine Gänsehaut. Glasklar spiegelt sich die Sichel des Mondes in der schwarzen Oberfläche des Sees wider, die gesprenkelt ist vom Glanz der Sterne. Ein Lied aus uralten Tagen summend, schicke ich meinen leuchtenden Gruß an die Natur gen Himmel.

Erst als die letzte Strophe gesungen und die Laterne nur noch ein winziges Flackern am Himmelszelt ist, kehre ich in die wohlige Wärme des Hauses zurück. Mit einem Glas Wein und etwas

Schokolade, mache ich es mir dann auf dem großzügigen Sofa vor dem Fernseher gemütlich.

Ich wickle meinen zitternden Leib in eine kuschelig weiche Decke und zappe durch die Kanäle, bis ich in einer Komödie seichte Unterhaltung finde. Während die bewegten Bilder über den Bildschirm flackern spüre ich, wie meine Augenlider immer schwerer werden. Der Film hat nicht einmal die Hälfte seiner Spielzeit erreicht, als ich in einen tiefen Schlaf falle. In meinen Träumen werde ich heimgesucht.

Ein namenloser Schatten jagt mich durch kahle Wälder und Moorlandschaften. Egal wie gut ich mich auch verstecke, er findet mich doch immer wieder aufs Neue. Seine scharfen Klingen lechzen nach meinem Blut und der Tod scheint mir gewiss. Keuchend und schweißgebadet erwache ich aus diesem Albtraum. Mein Herz schlägt mir bis zum Hals und meine Füße schmerzen, als wäre ich tatsächlich über knorrige Wurzeln und zerbrochene Äste gelaufen.

Die Traumbilder halten mich noch immer in ihrem Bann gefangen, als ich mich langsam aufrichte. Deswegen bemerke ich die Gestalt neben mir auch erst, als sie sich langsam zu bewegen beginnt.

Wie in Zeitlupe beugt sie sich zu mir herüber. Während mein Verstand schreit, scheint mein

Körper wie gelähmt zu sein, unfähig sich zu bewegen. Jeder Atemzug wird zu einem Kampf.

Die Panik gewinnt und mein Mund verzieht sich zu einem Schrei. Doch bevor auch nur ein Ton über meine Lippen kommt, legt sich eine Hand über meinen Mund und bringt mich zum Schweigen.

„Shh… ich bin es. Du hattest einen Albtraum, aber jetzt wird alles wieder gut."

Mit dem ersten Klang der rauen Stimme beruhigt sich mein rasendes Herz. Als mein Zittern verebbt, löst sich auch die Hand von meinem Gesicht.

„Scheiße Vax, willst du, dass ich an einem Herzinfarkt krepiere?", keuche ich.

„Keine Sorge, ich hätte meine kleine Hexe mit einer Mund zu Mund Beatmung wiederbelebt", kichert der Incubus leise. „Warum bist du eigentlich so überrascht mich zu sehen? Du hast gerufen und ich bin erschienen"

„Das war vor über einer Woche", antworte ich pampig.

„Nein, das meine ich nicht. Du hast vor ein paar Minuten mehrmals laut meinen Namen geschrien. Deine Stimme klang so ängstlich, dass ich sofort hergekommen bin.

Das Echo klingelt noch immer in meinen Ohren", erwidert er kopfschüttelnd.

„Habe ich?", murmle ich. Vermutlich habe ich im Schlaf nach ihm gerufen. Wie peinlich.

„Jetzt bin ich jedenfalls da, Zuckerstück. Und ich werde dafür sorgen, dass ich der einzige Schatten bin, der in deinem hübschen Köpfchen spukt", lächelt er schelmisch und entzündet mit einem Fingerzeig erneut das verglimmende Feuer im Kamin.

„Und wie gedenkst du das zu tun?", hake ich mit erhobener Augenbraue nach.

„Ich kenne da ein paar delikate Möglichkeiten, wenn du offen dafür bist."

Ohne groß darüber nachzudenken, nicke ich, woraufhin Vax einen der bequemen Sessel direkt vor das Sofa schiebt. Mir gegenübersitzend beugt er sich etwas nach vorne und stützt dabei das Kinn auf seinen verschränkten Fingern ab.

„Sehr gut. Folge einfach meinen Anweisungen und ich werde dich an einen Ort führen, an dem du all deine Sorgen abstreifen kannst. Genau wie dein Kleid."

Mit einer einfachen Geste gibt er mir zu verstehen, dass ich mich entkleiden soll. Ich tue wie mir geheißen und streife den federleichten Stoff vor meinem Körper, so dass ich komplett nackt vor ihm sitze.

„Von jetzt an, wirst du genau das tun, was ich dir sage. Verstanden?"

Wieder nicke ich schweigend.

„Spreiz deine Beine für mich.“

Ich tue was er verlangt und entblöße meine Scham unter seinem hungrigen Blick.

„Jetzt massiere deine Brüste. Ich will, dass du spürst, wie deine empfindlichen Nippel unter deinen eigenen Berührungen hart werden. Ganz langsam. Lass dir Zeit. Genieße es.“

Zärtlich lasse ich meine Fingerspitzen über meine erwachenden Knospen gleiten und stelle mir vor, wie Vax an ihnen saugt und mit seiner Zunge zarte Kreise um meine Brustwarzen zieht.

„Stopp. Nimm die Hände von deinem Körper und leg sie entspannt auf dem Sofa ab. Stell dir vor, wie meine Hände über deinen Körper gleiten und jeden Zentimeter deiner makellosen Haut erkunden.“

Die Bilder, die sich vor meinem inneren Auge abspielen, lassen mich vor Lust erzittern. Mein Atem beschleunigt sich und ich spüre das vertraute Ziehen in meinem Unterleib.

„Gut. Jetzt nimm deine rechte Hand und streiche über deinen Körper. Zwischen den Brüsten entlang, hin zum Bauchnabel und dann zu deinen Innenschenkeln. Und wehe du berührst deine hübsche Pussy, dann beenden wir dieses Spiel hier und du wirst nicht auf deine Kosten kommen.“ Es fällt mir schwer, meine Finger nicht direkt auf meine feuchte Klitoris zu legen. Stattdessen folge ich dem Weg, den Vax mir vorgibt.

„Braves Mädchen. Streich über die Innenseite deiner Schenkel. Ganz sacht. Denk daran wie es wäre, wenn ich dich mit meiner Zunge verwöhnen würde."

Obwohl meine Lustperle nach Aufmerksam schreit, widerstehe ich dem Drang sie zu berühren. Stattdessen genieße ich die Fantasie in meinem Kopf. Wie Vax an meinen feuchten Lippen saugt und leckt. Wie er mich mit seiner Zunge fickt, währen ich vor Lust stöhnend die Beine für ihn breit mache.

„Meine kleine Hexe, ich weiß genau wie dringend du mich in dir spüren willst. Noch hast du nicht die Erlaubnis, deine Pussy zu berühren. Ich möchte, dass du fühlst, wie dringend du meinen harten Schwanz in dir spüren willst."

In meiner Erregung gefangen, beiße ich mir auf die Unterlippe. Mit der Zunge lecke ich über die Abdrücke, die meine Zähne hinterlassen.

„Ich kann sehen wie verzweifelt du nach meinem Körper lechzt und dieser Anblick gefällt mir. Willst du weiter machen?"
Meine Antwort ist wieder nur ein Kopfnicken.

„Ausgezeichnet. Jetzt will ich, dass du zwei Finger auf den Eingang deiner hübschen kleinen Muschi legst. Es ist dir verboten einzudringen.

Fühle die Verzweiflung deines Körpers. Spüre wie dein Schoß immer feuchter wird."

„Vax… bitte", flüstere ich mit zitternder Stimme.

„Sh Sh Sh… Geduld, Darling. Nimm die Finger weg und reich mir deine Hand."

Ich tue was er verlangt und strecke den Arm in seine Richtung aus. Sanft greift er nach meinem Handgelenk und führt meine Fingerspitzen an seine Lippen. Mit der Zunge streicht er über die Kuppen, bevor er Zeige- und Mittelfinger in den Mund nimmt und daran saugt. Sein Speichel benetzt meine Haut, während wohlige Schauer über meinen Rücken jagen. Er foltert mich mit Genuss. Eine süße Tortur, die meinen Körper unter lustvollen Wellen zum Beben bringt.

„Spiel mit deiner Pussy für mich. Lass die Finger ganz langsam zwischen deine Schamlippen entlang gleiten. Massiere deine Klitoris. Zeig mir alles. Stell dir vor, wie ich meine Schwanzspitze ganz vorsichtig dagegen schlage und Druck ausübe."

Begierig folge ich seiner Anweisung und beginne stöhnend meine geschwollene Liebesperle zu massieren.

„Schneller."

Mit der Intensität meiner Berührungen steigt auch die Lust in mir immer weiter an. Mein

Keuchen und Stöhnen erfüllt den gesamten Raum. Ich spreize meine Beine noch ein Stück weiter, damit Vax alles sehen kann.

„Lauter, Schätzchen. Ich will dich hören."
Lange halte ich diese bittersüße Tortur nicht mehr aus. Nach Erlösung verlangend bäume ich mich auf.

„Du macht das großartig. Nicht aufhören. Ich werde jetzt langsam bis drei zählen und dann darfst du kommen. 1… 2… 3…"
Die Explosion, die der Orgasmus in mir auslöst, ist überirdisch. Sekunden verstreichen, bis ich meinen zuckenden Leib wieder unter Kontrolle bekomme. Mein nasser Schoß vibriert vor Verzückung und ich kann hören wie das Adrenalin mein Blut durch die Adern rauschen lässt. Er hatte Recht. Die Schatten der Nacht sind aus meinem Kopf verschwunden. Sie sind nichts weiter mehr als ein flüchtiger Schrecken. Während ich versuche, wieder zu Atem zu kommen, lehnt sich Vax entspannt in seinem Sessel zurück und beobachtet mich zufrieden.

„Es ist kalt. Du solltest dir etwas Bequemes anziehen, bevor du dir noch eine Erkältung einfängst", unterbricht er nach einer Weile die Stille zwischen uns.

„Und was ist mit dir?", frage ich mit leiser Stimme, den Blick auf die Beule in seiner Hose gerichtet.

„Oh Liebling, ich muss meinen Schwanz nicht immer in deiner wunderschönen Pussy versenken, um Befriedigung zu erlangen. Deinen Körper zu erleben, dich kommen zu sehen, dass allein genügt mir ab und zu schon", erwidert er. Mit einer geschmeidigen Bewegung erhebt er sich aus seinem Sitz und reich mir die Hand.

Kurze Zeit später liegen wir zusammen im Bett, mein Kopf auf seinen Schoß gebettet. Seine Finger streichen im regelmäßigen Rhythmus über mein Haar. Wie ein Schutzengel wacht Vax über mich, während ich immer tiefer in den Schlaf abdrifte. Doch als der Morgen hereinbricht, ist Vax wieder verschwunden. Zurück bleiben auf dem leeren Kopfkissen nur eine schwarze Feder und eine bildschöne rote Rose. An der Blüte schnuppernd drehe ich mich auf den Rücken und starre zur Decke hinauf. Gedankenversunken spiele ich mit der Blume in meiner Hand, als ein scharfer Schmerz durch meinen Finger fährt.

„Autsch", zische ich und blicke hinunter. Ein winziger Blutstropfen sickert aus der Wunde, die der Rosendorn in meine Haut gestochen hat.

Der Tag hält, was die Morgensonne versprochen hat. Traumhaftes Wetter lockt zu einem entspannten Waldspaziergang, doch zuerst steht mir der Sinn nach einem kleinen Ritual. Ich hole meinen Koffer unter dem Bett hervor und errichte auf dem Eichenholztisch in der Küche meinen eigenen Hexenaltar, das persönliche Zentrum meines magischen Schaffens. Lächelnd streiche ich das Altartuch aus dunklem Stoff glatt, in dessen Mitte ein goldener Dreifaltigkeitsknoten gestickt ist.

Mit funkelnden Kristallen, duftenden Räucherwerk und klimpernden Talismanen schmücke ich meine Zauberstätte aus, bis ich zufrieden bin. Die Präsenz meiner Götter und der Naturgeister ist deutlich spürbar. Sie sind bereit meine Bitten und Dankbarkeit zu empfangen. In eine grüne Stabkerze ritze ich meine Wünsche und Hoffnungen, bevor ich sie, alte Melodien summend, entzünde. Die Energien um mich herum beginnen zu pulsieren, die Magie vollführt einen liebevollen Tanz um meine Seele herum und ich spüre wie alle Last von meinen Schultern fällt. Mit geschlossenen Augen atme ich mehrmals tief ein und aus, genieße die Verbundenheit, die ich spüre. Ich fühle mich lebendig und bereit, dem Tag und seinen Herausforderungen entgegenzutreten.

Einen Weidenkorb unter den Arm geklemmt mache ich mich auf in das grüne Herz dieses

Ortes, um Beeren, Kräuter und Pilze für das Abendessen zu sammeln. Der Wald empfängt mich mit offenen Armen, trockenes Laub raschelt unter meinen Füßen und die Vögel begrüßen mich mit fröhlichem Gesang. Über meinem Haupt spannt sich der wolkenlose Himmel, von dem aus die Sonnenstrahlen durch das dichte Blätterdach dringen. In der Luft liegt der Geruch von nassem Holz. Behutsam und dankbar zugleich, sammle ich die Geschenke der Natur auf und befülle meinen Korb mit süßen Beeren sowie würzigen Kräutern und Pilzen. Doch je tiefer ich in den Wald hineinschreite, desto bohrender wird das Gefühl, nicht allein hier zu sein.

Eine stille Mahnung meines Unterbewusstseins, achtsam zu bleiben. Doch jedes Knacken und Knarzen scheint einen natürlichen Ursprung zu haben. Aufgeschreckte Nagetiere, die durchs Unterholz huschen oder wachsame Vögel, die sich flatternd aus den Ästen über mir erheben. Vielleicht spielt mir mein Verstand auch nur gemeine Streiche. Das vergangene Jahr war ereignisreich. Eine Zeit reich an Gewinnen, aber auch getrübt von Verlust. Da ist es nicht verwunderlich, wenn der Geist erschöpft ist und man die Zeichen falsch deutet.

Mit einem entschiedenen Kopfschütteln versuche ich das beklemmende Gefühl abzuschütteln und mich wieder auf die guten Dinge zu konzentrieren. Auf dem Heimweg hüpfe ich Lieder trällernd über knorrige Wurzeln und Geäst. Aus den gesammelten Zutaten bereite ich mir zuhause einen köstlich duftenden Eintopf zu. Leise köchelt das Gericht auf kleiner Flamme vor sich hin, während ich mit einer Tasse Tee in der Hand auf die Veranda trete.

Während ich auf die Oberfläche des Sees hinausblicke, entscheide ich mich spontan dazu, ein Bad in dieser Badewanne der Natur zu nehmen. Über die Holzveranda führt eine Treppe hinunter zu einem kleinen Ufer. Kies geht in Sand über, bevor die Wellen beinahe zärtlich über den Boden rollen. Ich entkleide mich vollständig und lasse meine Kleidung dabei unachtsam und zerknüllt auf dem Boden liegen. Die Steinchen massieren meine Fußsohlen, während ich ins kühle Nass schreite.

Das Wasser umfängt mich mit seiner eisigen Umarmung, jeder Tropfen ein Kuss der Natur. Ich atme tief ein und tauche einmal komplett unter. Die Kälte drückt meine Lungen zusammen und fühlt sich an wie tausend kleine Nadelstiche auf der Haut. Dennoch ist es ein befreiendes und reinigendes Gefühl.

Nach Luft schnappend tauche ich wieder auf und streiche das nasse Haar nach hinten aus dem

Gesicht. Die Sonne fühlt sich warm auf meinem ausgekühlten Gesicht an.

Als ich mich in Richtung des Hauses drehe, erkenne ich eine Gestalt, die am Rand des Sees auf mich zu warten scheint. Ist das etwa Vax? Ist er früher zurückgekehrt als erwartet? Ich hebe meinen Arm und winke, woraufhin die Silhouette meine Geste erwidert. Mit kräftigen Zügen schwimme ich zurück ans Ufer, doch je näher ich der Person komme, desto sicherer bin ich mir, dass das nicht Vax ist.

„Hey da!", ruft der Mann mit fester Stimme und hebt dabei erneut den Arm zum Gruß. Jetzt bin ich nah genug dran, um ihn erkennen zu können. Mir stockt der Atem, als mich die Erkenntnis trifft, wer dort steht. Es ist der Fremde von der Lichtung. Der Klinge nach, die er in seiner Hand hält, ist er eindeutig ein Hexenjäger. Er bleibt ruhig im sicheren Abstand stehen, während ich mich ihm durch das seichter werdende Wasser nähere. Mein langes Haar klebt förmlich auf meiner Haut und legt sich beinahe schützend auf meine Brüste. Ich stehe hüfttief im See und starre zu dem Mann herüber.

„Was willst du?", rufe ich zu ihm herüber.

Er antwortet nicht. Stattdessen wandern seine Augen meinen Körper hinab, bevor sie wieder meinen Blick suchen.

„Ich wiederhole mich ungerne", wage ich einen erneuten Versuch. Langsam hebt er den Arm, der die Klinge führt. Er scheint es also wirklich auf mich abgesehen zu haben. Bei allen Göttern ich habe nicht vor, mich wie einen Fisch filetieren zu lassen.

„Momentum!", brülle ich mit ausgestreckter Hand und sofort friert der Jäger in seiner Bewegung ein. Der Zauber wird nicht lange halten. Ich kämpfe mir durch das Wasser zum Ufer, greife nach meiner Kleidung und presse sie vor meinen nackten Körper. Rückwärts, ohne den Mann dabei aus den Augen zu lassen, gehe ich in Richtung Treppe. Erst als der Abstand zwischen uns groß genug ist drehe ich mich um und renne die Stufen zum Haus hinauf. Dabei spüre ich, wie der Bannzauber zu bröckeln beginnt und allmählich an Kraft einbüßt. Mit zitternden Händen verriegele ich die Tür hinter mir und spurte ins Schlafzimmer, wo ich mir hastig einen warmen Pullover und eine Leggins überstreife.

„Vax! Vax, ich brauche deine Hilfe. Wo steckst du verdammte Scheiße?", rufe ich in die Leere hinein. Eine Antwort bleibt der Dämon mir schuldig.

Erschrocken zucke ich zusammen, als ich unter mir das Splittern von Glas höre. Der Typ scheint sich wohl wieder bewegen zu können. Vermutlich hat er die Verandatür eingeschlagen. Keuchend hechte ich zum Fenster und blicke hinaus. Ein Sprung aus dieser Höhe würde definitiv zwei gebrochene Beine mit sich ziehen. Ich höre die Holzstufen wie sie unter schwerem Gewicht ächzen und knarzen. Er wird gleich hier sein.

„Miravah steh mir bei", flüstere ich mir selbst zu und mache dabei einige große Schritte nach hinten. Jemand rüttelt heftig von außen am Türknauf. Einmal noch atme ich tief durch, bevor ich mit Anlauf auf das Fenster zu renne und dabei das Wort „Teleporta!" rufe.

Anstatt gegen Glas, pralle ich auf dem Waldboden auf.

„Es hat funktioniert", lache ich laut auf, als könnte ich mein Glück selbst kaum fassen. Schwer atmend rappele ich mich auf und blicke über meine Schulter. Zwischen mir und dem Haus dürften maximal ein paar hundert Meter liegen. Für mehr hat meine Magie nicht ausgereicht, aber besser als gar nichts. Bevor der Jäger noch meine Spur aufnehmen kann nehme ich die Beine in die Hand und schlage mich durchs Gehölz. Spitze Äste und scharfkantige Steine bohren sich in die empfindliche Haut meiner nackten Fußsohlen, doch ich versuche den Schmerz zu ignorieren. Warum ist Vax noch nicht hier?

Ich hatte ihn doch gerufen. Was kann in diesem Moment bitte wichtiger sein als mein Leben? Angst und Zorn mischen sich in meiner Brust zu einem unheilvollen Gebräu. Immer wieder sehe ich nach hinten aus Sorge, der Jäger könnte mir bereits dicht auf den Versen sein. Ich erreiche einen überwucherten Abhang, unter dem sich ein rauschender Fluss erstreckt. Wenn ich dem Wasser folge, dann dürfte es mich an einen sicheren Ort führen, von dem aus ich Hilfe rufen kann. Außerdem würde dieser Hexenjäger dann schneller meine Spur verlieren.

Doch bevor ich den Abstieg wagen werden, trifft mich etwas von der Seite und reißt mich zu Boden. Der schmerzhafte Aufprall drückt mir jegliche Luft aus den Lungenflügeln. Keuchend und Husten liege ich da, spüre wie sich die Feuchtigkeit durch meine Kleidung direkt auf die Haut frisst. Eine scharfe Klinge schwebt bedrohlich über meiner Kehle.

„Wenn ich auch nur die Silbe eines Zaubers höre, dann schneide ich dir die Zunge heraus", knurrt der Mann, der über mir kniet, bedrohlich. Als Zeichen meine Ergebung hebe ich nickend die Hände nach oben. In Erwartung eines schmerzhaften Todes presse ich die Augenlider zu und halte den Atem an. Doch zu meiner Verwunderung wird mir kein Dolch in die Brust gerammt.

Mit einer katzenhaften Bewegung erhebt sich mein Angreifer wieder und zieht mich dabei auf die Füße. Er streckt die Hand aus, vermutlich um das Laub und Moos von meiner Kleidung zu klopfen, doch ich schlage sie weg.

„Fass mich an und ich lasse deine Hände in Flammen aufgehen", fauche ich unter meinem wiedergewonnen Kampfgeist.

„Du bist ganz schön undankbar für jemanden, der gerade gerettet wurde", erwidert der Jäger und geht dabei einen Schritt zurück.

Gerettet. Gerettet? Ist der schizophren, oder was?

„Was faselst du von Rettung? Das Einzige wovor ich beschützt werden muss, bist du. Ich weiß genau was du bist. Ein dreckiger, feiger Hexenjäger", schimpfe ich.

„Wie bitte? Feige?"

Die Empörung in seiner Stimme ist nicht zu überhören.

„Du hast mich schon richtig verstanden. Ihre greift mit euren Hexenpfeilen, Silberklingen und verzauberten Projektilen stets aus dem Hinterhalt heraus an. Weil ihr feige seid und den Kampf Auge um Auge meidet, wie die Katze das Wasser."

In mir fächern sich Zorn und Wut auf, wie die Blätter einer unheilvollen Blüte.

„Ihr habt es gewagt den Pakt zu brechen und unsere unschuldigen Schwestern getötet. Selbst ein heiliges Fest konnte euch nicht von euren bestialischen Taten abbringen", speie ich ihm förmlich entgegen.

„Wow… jetzt warte mal und hör auf hier Gift zu versprühen. Wir waren das nicht", versucht er mich zu beruhigen. Mit der freien Hand streicht er seine Kapuze nach hinten.
Zum Vorschein kommt ein charakteristisches Gesicht, gezeichnet von Abenteuern und Herausforderungen. Seine markanten Gesichtszüge tragen eine Mischung aus Stärke und Verletzlichkeit in sich. Wie sonnenbeschienener Bernstein, der ein Geheimnis in sich birgt, leuchten seine Augen. In ihnen glitzert der Funken frecher Entschlossenheit. Definierte Wangenknochen, unter denen der Schatten eines Dreitagebartes verläuft, verleihen seinem Gesicht eine maskuline Kontur, aber auf seinen vollen Lippen trägt er den Hauch eines verschmitzten Lächelns. Sein relativ kurz geschnittenes Haar ist von einem erdigen Ton und oberhalb der Stirn leicht nach oben gestylt. Das Leder seiner schwarzen Rüstung legt sich eng um seinen durchtrainierten Körper und lässt jeden wohldefinierten Muskel erahnen.

„Mein Name ist Asher", stellt er sich bemüht freundlich vor und reicht mir dabei seine Hand.

„Mia… aber das weißt du vermutlich schon. Du hängst ja seit einer Weile an meinen Hacken. Wie so ein perverser Stalker", entgegne ich, ohne dabei nach der ausgestreckten Hand zu greifen.

„Pervers? Sagt die, die es mit einem Dämon treibt", murmelt er beleidigt.

„Was war das?"

„Hör zu… wir haben jetzt keine Zeit für Streit. Komm einfach mit mir mit", erwidert Asher und greift dabei nach meinem Oberarm.

„Einen Scheiß werde ich. Lass mich los", keife ich und versuche mich dabei aus seinem Griff zu winden.

„Hör auf so zickig zu sein. Dein kindisches Verhalten kostet uns noch Kopf und Kragen. Wir müssen verschwinden, bevor er auftaucht."
Angst liegt in Ashers Stimme. Vor wem fürchtet er sich?

„Er? Wen meinst du?", versuche ich in Erfahrung zu bringen.

„Was ist hier los?"
Die Stimme rollt wie wütendes Donnergrollen hinweg und hinter meinem Rücken vernehme ich das Schlagen mächtiger Schwingen. Hoffnungsvoll blicke ich über meine Schulter. Da steht er in seiner vollen Schönheit.
Ein Ritter in unheilvoller Rüstung.
Vax rotglühende Augen richten sich zornerfüllt

auf den Hexenjäger.

„Lass sie los oder ich breche dir jeden Finger einzeln.“

„Vax… da bist du ja endlich“, japse ich und entreiße dem verdatterten Asher meinen Arm.

„Wie kann so eine erbärmliche Kreatur wie du es wagen, Hand an mein Eigentum zu legen?“ Den unnachgiebigen Blick weiter auf Asher gerichtet, verschränkt Vax die Arme vor der Brust. Er hat seine Teufelsgestalt angenommen.

„Merkst du nicht, dass er dich verarscht? Dieser Dämon ist nicht der, für den du ihn hältst. Wie konntest du nur ein solch verbotenen Pakt schließen?“, richtet Asher seine nächsten Worte an mich.

„Das geht dich einen absoluten Scheiß an. Ich kann verkehren und Pakte schließen mit wem oder was ich will. Du überschreitest schon wieder eine Grenze, Jäger“, unterbreche ich seinen oberlehrerhaften Vortrag.

„Ach ja? Was wenn ich dir sage, dass seine Art es ist, die euch allmählich ausrottet?“, kontert Asher. Mein Körper versteift sich ob dieser Anschuldigung.

„Wovon redet er, Vax?“

„Hüte deine Zunge, Hexenjäger“, lautet Vax einzige Antwort.

„Warum sollte ich? Hast du Angst, dass dir dein Spielzeug sonst abhandenkommt, wenn es die Wahrheit über dich erfährt?", grinst Asher hinterhältig.

Die beiden Männer scheinen mehr zu wissen als ich und diese Tatsache macht mich allmählich sauer.

„Über was redet ihr beiden eigentlich da? Wieso behauptet er, dass es Dämonen sind, die die Hexen töten?", frage ich an Vax gerichtet.

„Weil es so ist, Mia. Der Bastard belügt dich von vorne bis hinten. Es sind nicht die Hexenjäger, die diese Morde verübt haben. Es ist ein Dämon, der es nur so aussehen lassen will, um Streit und Krieg vom Zaun zu brechen. Eine abtrünnige Höllenkreatur, die gültige Teufelspakte bricht und die Seelen vor ihrer Zeit erntet. Dein sogenannter Vax hat es verkackt und die Kontrolle über seine Vasallen verloren", antwortet Asher an Vax Stelle. Sogenannt? Vasallen? Was geht hier eigentlich vor? In meinem Kopf schwirren die Gedanken nur so.

„Vax ist ein Incubus. Die haben keine Vasallen", versuche ich die Situation aufzuklären, doch Asher schüttelt nur den Kopf, während Vax sein eisiges Schweigen aufrechterhält.

„Incubus am Arsch. Und sein Name ist auch nicht Vax. Vor dir steht der Morgenstern höchstpersönlich. Luzifer, der Gefallene. Herr der Finsternis und Gebieter über Dämonenscharen. Du hast keinen Vertrag mit einem einfachen Incubus geschlossen, Mia. Er hat gelogen, damit du den Vertrag unterschreibst und deine Seele sein Höllenfeuer nähren kann. Er wusste auch bereits Bescheid darüber, dass einer seiner Untertanen schon längst nicht mehr nach den Regeln spielt. "

Ashers Worte treffen mich, einem vergifteten Pfeil gleich, mitten ins Herz.

„Das ist eine Lüge. Sag mir, dass das nicht wahr ist. Du hast gesagt, dass du noch keine Spur zu den Verbrechen hast. Dass du nichts wüsstest und es eindeutig die Jäger gewesen sein müssen. Jetzt sag schon, dass das alles nicht stimmt", flehe ich ihn mit tränenerstickender Stimme an.

„Mia… ", setzt er an, nur um kurz darauf wieder zu verstummen. Die Stille ist Antwort genug.

Ich halte die Hände vor den Mund, um ein Schluchzen zu unterdrücken. Lügen. Alles zerbricht. War ich ein solcher Narr? Ich dachte, ich hätte etwas Echtes gefunden, doch jetzt erscheint es mir nur wie eine Seite aus einem Märchenbuch für naive Mädchen. Ich gab ihm alles und dabei bin ich zerbrochen. Eine Schneise der Verwüstung zieht sich durch mein Inneres.

Eine tiefe Wunde, unklar ob daraus jemals eine

Narbe wird. Wie kann man sich so nah und doch Welten voneinander entfernt sein?

Und doch glimmt in all dieser Finsternis ein Licht. Ein kleiner Funke, nicht größer als ein Glühwürmchen. Etwas, das ich in Vax… nein… Lucifers Augen sehe hält ihn am Leben und verhindert, dass er erlischt.

Ich strecke meine Hand nach ihm aus, doch kurz bevor ich Lucifer berühren kann, zerreißt ein Schuss die Stille.

Ein hauchfeiner Blutnebel legt sich über mein fahles Gesicht. Lucifers Blick ist schmerzverzerrt, als er seine Hand auf die Brust drückt. Dunkles Blut sickert durch seine Finger hindurch und tropft auf den Boden. Mit jedem Herzschlag scheint sein Körper mehr davon aus ihm herauszupumpen.

Luzifer verliert das Gleichgewicht und stürzt den Abhang hinunter. Ich strecke meinen Arm nach ihm aus, doch meine Hand greift ins Leere, als Asher mich an der Taille packt und nach hinten zieht.

„Göttliche Teufelskugeln du Wichser", feiert Asher sich selbst. Seine Worte dringen nur dumpf an mein Ohr und werden von meinem eigenen Herzschlag übertönt.

„Nein… Nein… Nein… nicht wahr… Lass

mich los. Ich muss zu ihm", flehe ich leise. Doch Asher ignoriert meine Bitte und beschwört ein Portal.

„Er ist nicht mehr am Leben, Mia. Schlussendlich ist der Höllenfürst auch nur ein Teufel. Mit der entsprechenden Waffe lässt sich alles töten", würgt mich Asher ab. Bevor auch nur ein weiterer Ton über meine Lippen kommt, zieht er mich in das Portal hinein. Die Welt um mich herum verschwimmt zu einem wilden Strudel aus Farben und Geräuschen.

„Wer denkt, er könne den Teufel töten, scheint zu vergessen, dass die Finsternis unsterblich ist."

Fortsetzung folgt …

Eine Welt voller Bücher

Unvergessliche Abenteuer
Faszinierende Charaktere
Neue Welten und Ideen

Bei Infinity Gaze endet
die Lesereise nie!

Jetzt entdecken unter:
www.infinitygaze.com